Dunkerque

Un roman sur la Seconde Guerre Mondiale

Richard G. Hole

Dunkerque
Un roman sur la Seconde Guerre Mondiale

Richard G. Hole

La Seconde Guerre Mondiale

SYNOPSIS

Un peu penché au fond de la tranchée, il regardait l'épaisse fumée qui s'échappait de la ville de Dunkerque.

Il était clair que des combats sans merci se déroulaient là-bas, et que les hommes de la ville devaient passer un très mauvais moment.

Regardant avec de grands yeux bleus le sergent, le plus jeune du peloton s'approcha de lui.

Il y avait un ton suppliant dans sa voix quand il dit :

« Aurons-nous le temps, sergent ?

Le sergent ne se retourna pas, mais demanda :

"Le temps pour quoi ?

"Pour y arriver ...

Dunkerque est une histoire appartenant à la collection Seconde Guerre Mondiale, une série de romans de guerre développés pendant la Seconde Guerre Mondiale.

DUNKERQUE

CHAPITRE I

Suivi de ses hommes, Adams a sauté dans la tranchée où une explosion venait de se produire. Il avait parfaitement vu le saut que fit le soldat français avant de tomber, lorsque le mortier explosa non loin du malheureux. Maintenant, alors que ses garçons occupaient la petite tranchée, Adams se tourna vers le corps et vit l'énorme éclat d'obus coupé dans le cou du soldat.

Ed Cooper soupira à côté de lui.

"Ils l'ont massacré comme un cochon...", a-t-il dit.

Adams hocha la tête. Il n'arrêtait pas de regarder le corps de l'homme et, surtout, le sang qui coulait de son cou. Il ne pensa qu'un instant à aider le Français ; mais presque aussitôt, elle dut frémir de la tête aux pieds et la couleur de sa peau changea, devenant blanc comme du papier.

Puis il se figea.

Sam, Horace, Peter et Justin étaient à l'autre bout de la tranchée, où les deux premiers installaient la mitrailleuse. Ed était toujours aux côtés du sergent, fixant bêtement le cadavre du Français. Au loin, à gauche, la canonnade des chars allemands et la riposte des antichars français se faisaient entendre clairement.

« Allons-nous le jeter ? demanda Ed Cooper.

"Non. Laisse-le là" répondit le sergent. Je ne pense pas qu'on doive passer trop de temps dans ce trou. Ça ne nous dérangera plus...

Une mitrailleuse a commencé à tirer violemment devant eux. Les balles sifflaient au-dessus de la tête des Anglais et elles se collaient au fond de la tranchée, laissant passer les projectiles comme si de rien n'était. Adams Shaw s'assit calmement et alluma une cigarette. Une escouade de Stukas passa, comme un tonnerre déchirant, au-dessus.

Le mort a mis une note violente dans la tranchée. Le saignement s'était arrêté et la blessure devenait noire. Quelques mouches, d'abord hésitantes, se posèrent franchement sur le visage et s'avancèrent, à petits bonds, vers la brèche qu'avait faite le morceau d'obus.

« Putain de mouches ! grogna Ed. Ce sont eux qui en profitent...

Un sourire moqueur apparut sur les lèvres d'Adams Shaw.

"Ils ne l'ont pas fait" répondit-il en regardant le soldat. Ce sont les vers qui en profiteront plus tard. Mais qu'est-ce que cela peut encore importer ?

Un peu penché au fond de la tranchée, il regardait l'épaisse fumée qui s'échappait de la ville de Dunkerque. Il était clair que des combats sans merci se déroulaient là-bas, et que les hommes de la ville devaient passer un très mauvais moment.

Fixant de grands yeux bleus sur le sergent, Justin Selby, le plus jeune du peloton, s'est approché de lui. Il y avait un ton suppliant dans sa voix quand il dit :

« Aurons-nous le temps, sergent ?

Adam ne se retourna pas, mais demanda :

"Le temps pour quoi ?

"Pour y arriver.

« Tu ne vas pas bien ici, petit ?

"Ce n'est pas ça, monsieur," répondit Selby. Les bateaux sont là, et donc le seul moyen de rentrer à la maison.

Puis le sergent se tourna vers lui, le fixant.

« Pourquoi n'as-tu pas pensé mieux, Justin ? Tu t'es laissé emporter par l'enthousiasme, non ? Il semble que je te vois, avec l'uniforme tout neuf, dire au revoir aux garçons du quartier et les regarder, de haut en bas, avec mépris. Tu devais rester à la maison, mon garçon. Il y avait encore longtemps avant que tu sois appelé. Mais tu voulais faire de toi le héros...

Elle réalisa que le visage de Justin était cendré. Il n'y avait pas de signe plus clair de peur et le sergent le reconnut tout de suite, comme si le garçon l'avait peint sur son visage.

"Ayez un peu de patience" dit-il après une pause. On réussira à sortir d'ici.

"Merci mon Seigneur.

« Va chez toi maintenant, mon garçon.

"Oui.

Ils s'étaient éloignés du centre de la ligne d'attaque allemande. Toute la compagnie s'était chargée de garder le flanc droit pour empêcher les Allemands d'effectuer un de leurs fameux « sacs », empêchant ainsi de nombreux Anglais et Français d'atteindre le quai de Dunkerque. C'était naturel pour quelqu'un de danser avec le plus laid, pensa le sergent. Après tout, tant qu'ils étaient en vie, ils pouvaient le dire.

Ed Cooper, qui était à l'avant de la tranchée, se retourna à ce moment-là.

« Les chars ! a-t-il prévenu.

En détournant le regard de Dunkerque, Adams Shaw se dirigea vers ses hommes et regarda dans la direction que Cooper montrait. Quatre taches brunes avançaient sur la terre.

Puis il regarda la tranchée, convaincu qu'elle était étroite et profonde, comme un fossé. C'était la seule défense qu'ils pouvaient se permettre contre l'armure nazie. Élevant la voix, pour contrôler le grondement des premiers coups de canon que les chars lançaient déjà, il cria :

« Vous savez ce que nous avons à faire, les gars ! Il faut les laisser passer. Les canons antichars sont derrière. Ce que nous devons empêcher, c'est que l'infanterie passe derrière ces pots.

Pourquoi avait-il répété, une fois de plus, ces instructions que ses hommes connaissaient par cœur ? Qu'avaient-ils fait, pendant plus de quatorze heures, à part tirer sur des fantassins allemands accrochés à des charrettes, tentant de pénétrer dans les quartiers extrêmes de Dunkerque ?

Sourit.

Il en avait marre de tout ça. Et c'était extrêmement pénible de repartir sans repos, se démontrant l'incapacité de l'armée dont il faisait partie. Il était arrivé en France avec la certitude presque totale que les Allemands rencontreraient, pour la première fois dans cette guerre, l'ajustement exact de sa chaussure. Il s'est même permis quelques plaisanteries, en Angleterre, lors des événements de Pologne.

« Il ne nous arrivera pas la même chose », avait-il déclaré. Ces Polonais sont courageux, personne n'en doute, mais ils ne savent pas faire la guerre. Vous verrez quand les nazis nous attaqueront... »

Mais cela avait été mille fois pire.

Adams était dans l'armée depuis dix ans et il lui était extrêmement facile de lire son véritable état d'esprit sur le visage de ses supérieurs. Ainsi, lorsque les Allemands ont commencé à avancer, il s'est rendu compte que cela allait être encore bien pire que ce qui s'était passé en Pologne. Et lorsqu'il put se rendre compte que la peur s'emparait de tout le monde, que la supériorité allemande régnait partout, que la désorganisation commençait à se faire jour dans les unités anglaises et françaises, il ressentit un immense dégoût.

Mais maintenant, il n'avait pas le temps de vivre la même chose.

Les chars approchaient à toute vitesse et ses hommes s'accroupissaient, essayant néanmoins de voir si l'infanterie allemande se déplaçait à côté des blindés. Avec la mitrailleuse que possédait le peloton, ils n'avaient aucune illusion d'arrêter ces monstres d'acier qui crachaient le feu de tous leurs canons et mitrailleuses. Il n'était pas non plus possible de les arrêter avec des bombes, comme certains garçons avaient tenté, en Belgique, d'être écrasés sous les chaînes. Ils manquaient beaucoup d'expérience et aucun d'eux n'était prêt à combattre l'armure face à face. La terre se mit à trembler à proximité des lourds monstres d'acier.

Mais dès que les chars les passèrent, les Britanniques se penchèrent à nouveau et placèrent la mitrailleuse en position, tirant sur les fantassins allemands qui, protégés par leurs blindés, tentaient d'avancer de ce côté. Les armes craquèrent sans relâche et Adams regarda avec satisfaction les Allemands se jeter au sol, certains d'entre eux tombant pour suivre.

Presque au même moment, les canons antichars qui se trouvaient à une centaine de mètres de la tranchée ont commencé à tirer rapidement sur les blindés allemands. Certains des projectiles ont atterri près de la tranchée et ont produit un bang sec et horrible qui a laissé une douleur intense dans les oreilles.

Après avoir jeté un coup d'œil à l'endroit où les Allemands étaient tombés au sol et constaté qu'ils ne se relevaient pas, en raison du feu intense de la mitrailleuse, Adam Shaw se tourna et regarda vers les chars allemands, notant avec satisfaction que deux d'entre eux brûlaient déjà et qu'un autre venait d'exploser, touché directement par un obus des canons britanniques.

Il constate également que les occupants d'un des chars sautent à terre et reculent, courant vers la tranchée, cherchant l'appui de l'infanterie allemande. Puis il leva la mitrailleuse à son visage et attendit patiemment que les Allemands s'approchent. Puis il appuya sur la détente et ressentit une immense satisfaction devant le bond que faisaient les occupants du char et les pirouettes qu'ils effectuaient avant de s'immobiliser au sol.

Comment pouvait-il ressentir une telle satisfaction en tuant ?

Il s'était habitué à le faire trop vite. Mais peut-être cette rage qui s'était emparée de lui était-elle née lorsqu'il vit les premiers cadavres de ses compagnons anglais et de ses amis français.

C'était une réaction violente à la mort, comme si dès le début il s'était tenu un peu à l'écart et s'était soudainement mis au jeu de cette curieuse dame qui était, après tout, la propriétaire absolue du champ de bataille.

Quelqu'un est venu de la gauche et Adams était sur le point de lui tirer dessus. C'est en une fraction de seconde qu'il a pris conscience de l'uniforme et du casque, reconnaissant presque immédiatement le lieutenant Barney qui, quelques instants plus tard, est tombé dans la tranchée.

Il faillit trébucher sur le corps du Français et le regarda, puis fixa ses yeux sur le visage du sergent.

« Qui est-ce ? » je demande.

Shaw haussa les épaules.

"Je ne sais pas, monsieur. Il a failli mourir quand nous sommes arrivés ici.

« Est-ce que tout va bien dans votre peloton ?

"Oui monsieur. Vous voyez...

— Oui. Le capitaine vient d'être tué, sergent. J'ai repris la compagnie. J'apporte les ordres du bataillon.

« Le commandant n'a-t-il pas atteint Dunkerque ?

« Oui, il est arrivé là-bas. Et il a téléphoné avec moi. Deux des entreprises se lancent déjà. Mais il faut tenir encore un peu.

"Je comprends.

"Nous attendrons que la nuit vienne", a poursuivi l'officier. Ensuite, nous reculerons. Son peloton est le plus avancé. Y a-t-il beaucoup d'Allemands devant vous ?

« Quelques-uns, lieutenant. Mais vous pouvez voir qu'ils sont restés immobiles. Ils ne savent rien faire s'ils ne sont pas accompagnés d'une bonne poignée de chars.

L'officier sourit.

« Ça ne va pas très bien à Dunkerque, poursuit-il. Beaucoup meurent avant d'atteindre les navires et les chaloupes bondissent dans les airs, déchirées par les bombes des Stukas. Je ne sais pas si nous pouvons y arriver, sergent...

« Nous ferons de notre mieux, monsieur.

Peter a crié à ce moment-là.

« Ils reviennent !

L'officier et le sergent se précipitèrent sur le côté de la tranchée et regardèrent les groupes allemands se lever, avançant résolument vers eux. La mitraillette a de nouveau aboyé et une fois de plus les Allemands ont dû rester au sol. Mais il ne faisait aucun doute que cette situation ne pouvait pas durer trop longtemps.

Le lieutenant Barney soupira.

Il a ensuite dit:

"Essaye de tenir le plus longtemps possible, Shaw. Il faut que les Allemands ne pénètrent pas par ce côté. Ce serait catastrophique pour ceux qui essaient de monter à bord. En revanche " a-t-il expliqué " les Français résistent assez bien et ont permis à deux régiments d'embarquer, presque au complet. Nous devons faire notre part.

"Bien sûr.

Le lieutenant regarda les Allemands une fois de plus, calculant rapidement leur nombre et concluant que la mitrailleuse du peloton de Shaw pouvait les arrêter, encore pendant un certain temps. Puis, mettant sa main sur la manche de la veste déchirée du sergent, il dit :

« Je retourne à la compagnie, sergent. Et n'oubliez pas qu'au crépuscule, vous devez quitter la tranchée.

"Oui monsieur!

Le feu allemand s'était quelque peu calmé et le lieutenant Barney, profitant de l'instant, sauta rapidement de la tranchée.

Il n'aurait jamais dû.

Il avait à peine ramené ses genoux au bord arrière du parapet qu'il se retourna et tomba à plat ventre, frissonnant de la tête aux pieds. Le sergent a couru vers lui et Justin Selby aussi. Ils tirèrent tous les deux sur les pieds du lieutenant puis le rattrapèrent, le déposant soigneusement au fond de la tranchée.

Le jeune Justin sentit un frisson parcourir sa colonne vertébrale.

Aussi improbable que cela puisse paraître, Barney avait reçu deux balles : une dans l'épaule gauche, qui l'avait fait tourner rapidement, et une autre, la plus moche, en plein dans la bouche. Le sang coulait abondamment de la seconde des blessures, et les yeux de l'officier étaient écarquillés avec une expression d'horreur indicible. Il regarda le sergent puis sa main, qui était passée sur son visage et s'était retirée trempée de sang, se dirigea vers la poche poitrine droite du guerrier, essayant de la défaire.

Adams s'est précipité pour l'aider.

Il sortit sa serviette et il suffisait de regarder le lieutenant dans les yeux pour comprendre ce qu'il voulait. Le pauvre officier avait dû souffrir horriblement, et maintenant une mousse abondante se mêlait au sang qui venait de l'endroit où sa bouche avait été presque entièrement arrachée par le projectile.

Des difficultés respiratoires sont apparues presque immédiatement et la mort s'est précipitée en avant, à pas de géant alors que le corps de l'officier souffrait de convulsions constantes et a fini par se raidir, devenant raide comme un bâton, serrant les poings jusqu'à ce que ses jointures deviennent complètement blanches.

Justin se couvrit les yeux d'horreur.

« Mon Dieu ! s'exclama-t-il.

Se mordant la lèvre, Adams ouvrit légèrement son portefeuille et regarda les photographies qu'il connaissait déjà. La femme de Barney et ses deux enfants : Deux beaux petits garçons, jumeaux, d'environ huit ans, riant à la porte de leur maison, à côté de leur mère, une très jolie femme aux longs cheveux dorés.

Mettant la documentation du lieutenant dans sa poche, Adams se tourna pour regarder les Allemands qui recevaient toujours les balles de la mitraillette. Il constate alors que les Allemands commencent à se retirer, par groupes. Il n'a pas voulu dire à haute voix les énormités auxquelles il pensait et a tiré une rafale avec sa mitraillette, souhaitant que les balles arrachent les morceaux de viande de l'adversaire pour qu'il paie, au prix le plus élevé, ce qu'il venait de faire en la personne du lieutenant Barney.

A côté de lui, d'une voix geignarde, Justin Selby dit :

« Nous devons y aller, monsieur... Nous n'aurons pas le temps de le faire plus tard.

Elle se tourna vers lui, le fixant avec la férocité de son regard.

« Chut, espèce d'idiot ! rugit-il. Tu ne penses qu'à ta peau misérable...

Le soldat s'éloigna, effrayé.

Jetant un coup d'œil au lieutenant, Adams Shaw lança une série de jurons pour finir de se dire qu'il était très probable qu'ils finissent tous de la même manière ou de manière similaire.

Le rugissement des combats ne cessa pas tout l'après-midi.

Mais les Allemands ne reparurent pas devant la tranchée occupée par le peloton de Shaw et Shaw, comme ses hommes, resta attentif pendant ces heures interminables, observant de loin, avec une curiosité non sans angoisse, les attaques ininterrompues de l'aviation allemande qui ne cessaient de survoler, pas un seul instant, le nuage dense qui marquait l'endroit où se trouvait Dunkerque.

Adams comprenait parfaitement l'humeur de ses hommes.

Ils attendaient avec impatience la nuit pour quitter cet endroit et se diriger, quel qu'il soit, vers le port où les attendait le seul salut possible. Mais le plus drôle, c'est qu'il n'a pas vécu la même chose, loin de là. Je souhaite sincèrement que les choses aient complètement changé et que les armées alliées se soient retrouvées avec suffisamment de puissance pour montrer à l'adversaire qu'elles n'allaient pas fuir comme des lapins, mais qu'elles attaqueraient une fois de plus, élargissant la tête de pont dans laquelle maintenant elles se déplaçaient autour et récupérer les nazis, leur enseigner une leçon qu'ils ne pourraient jamais oublier.

Tu te trompes, Adams, se dit-il avec une amertume infinie. Votre devoir est de conduire ces hommes au port et de les ramener en Angleterre. Arrêtez les bêtises. Ils ne peuvent pas vivre la même chose que vous. Comment voulez-vous qu'ils connaissent votre amertume ? Cela aurait été bien mieux si ce Français ou le lieutenant Barney étaient encore en vie et que les balles qui ont mis fin à leur stock étaient coincées dans votre corps. Mais est-il possible que vous souhaitiez la mort de cette façon ? Cette garce le mérite-t-elle...? »

Comme il était facile de se laisser emporter par les souvenirs dans ces moments-là !

Même si personne n'était à blâmer, il avait été un parfait idiot. Et ce n'était pas qu'ils n'avaient pas remarqué. Tout le monde, sa famille, ses amis... Ils lui avaient dit mille fois, prudemment, sachant qu'il n'allait consentir, en aucune façon, que quelqu'un se permette le luxe de dire du mal de cette femme avec qui il était follement amoureux.

Comme il avait été aveugle !

Il n'y avait pas de plus grande vérité dans la vie que celle qui disait que l'homme trompé est le dernier à se rendre compte de la tromperie dont il est l'objet. Mais la vérité, bien plus vraie que tout, c'était toute l'émotion qu'il éprouvait quand il était près d'elle, quand il pouvait la regarder dans les yeux, quand ses mains s'entrelaçaient avec les siennes, quand il sentait le contact de la chair morbide de Deborah, quand le goût doux et chaud de ses lèvres est resté sur sa bouche...

Rappelles toi...

C'était comme si les pansements qui couvraient leurs blessures étaient retirés d'une personne malade, comme si les bandes de ruban adhésif étaient soudain arrachées et des morceaux de peau étaient emportés, sans scrupules et sans pitié. Mais cela, assez curieusement, lui plaisait. Peu à peu, il s'était habitué à se faire mal, à s'attaquer à cet ulcère, avec une vraie passion.

C'était comme s'il voulait payer, indéfiniment, le prix d'une trahison qu'il avait été le dernier à connaître. Et maintenant, quand les visages de ses amis intimes défilaient devant lui, avec ce sourire ironique qu'ils ont osé mettre sur leurs lèvres plus tard, quand il a appris la vérité, il a senti son corps se raidir, ses muscles se nouant sous sa peau et un grincement de des dents ont été produites dans sa bouche qui était remplie d'un goût amer, comme de la bile ...

Et le pire de tout, c'est qu'il n'avait pas écouté les conseils, qu'il s'était bouché les oreilles et fermé les yeux aux mots et aux images que tant de personnes tentaient d'éveiller dans son cerveau endormi, dominé par la passion. Et lorsqu'il a eu le courage de l'emmener au bureau du maire, lorsqu'il a commis la terrible erreur de lui donner son nom, il s'est senti, l'imbécile, si complètement heureux et heureux qu'il remuait maintenant de rage, comme si ces moments avait été le pire de sa vie. vie.

Pourquoi ne l'avait-il pas tuée ? Pourquoi a-t-il laissé le terrible affront impuni ?

Il lui semblait mentir qu'il aurait pu se comporter de cette façon stupide et qu'au lieu de lui reprocher tout ce qu'il lui avait fait, avant et après son mariage, il l'avait brutalement abandonnée, mais sans dire un seul mot, la laissant à la maison qui lui avait coûté tant d'efforts. l'équitation et, pire encore, lui donner la possibilité, désormais plus évidente que jamais, de devenir veuve de guerre, avec une belle pension qui pourrait être dépensée pour toutes les huiles, dont elle n'avait pas vraiment besoin, mais qui augmentait à l'indescriptible la beauté sauvage de son visage.

Comme elle avait lutté contre l'amertume et comme elle avait caché à tout le monde l'affreux problème en elle !

Parce que personne ne savait un seul mot. Du moins dans l'unité où il a combattu. Même l'homme très stupide a continué à écrire des lettres, auxquelles la réponse n'est jamais venue. Lettres montrant aux autres qu'il était un homme heureux, qu'il n'avait pas été le pauvre bouffon, entre les mains de cette femme, qui avait reconnu en lui, dès la première rencontre, l'instrument facile, docile et simple de son intolérable coquetterie .

Il se serait volontiers arraché la peau de ses mains lorsqu'il se souvenait des caresses qu'il donnait à une chair fallacieuse, sur laquelle d'autres mains, d'innombrables mains, avaient passé avant lui. Il se serait coupé les lèvres avec un couteau, impitoyablement à sa propre douleur, en pensant aux baisers qu'il déposait sur la bouche que d'autres lèvres avaient embrassés maintes fois et qui étaient capables de simuler une passion et une innocence bien pires que la tromperie qui avait commis .

Il se demanda s'il était possible que tout cela produisît en lui une sorte d'abandon presque complet à sa propre sécurité. Cela le mettait en colère d'imaginer que la bravoure dont il avait fait preuve depuis le début de la guerre était la fille de son propre désespoir. Parce qu'elle avait essayé, de mille manières différentes, de lui enlever cette part de son passé, de l'arracher à son cœur et à son cerveau, sans y parvenir.

Le mépris de lui-même qu'il ressentait ne lui était d'aucune utilité, le besoin urgent d'en finir une fois pour toutes et d'oublier, au sens le plus large du terme, quand la mort lui arrivait. Ils avaient été des efforts futiles, gaspillés. Et maintenant, se souvenant une fois de plus de son malheur, il se plaisait une fois de plus à se blesser le plus possible, à se déchirer à l'intérieur avec délectation, à se torturer de telle manière qu'il frissonnait, de la tête aux pieds, comme s'il mourait déjà avec les convulsions qu'il avait vues. , peu avant, dans le corps du lieutenant, frissonnant d'agonie avant de mourir.

Il fouilla dans sa poche où il avait mis les papiers de Barney et la photographie qu'il connaissait si bien. Il n'osa cependant pas sortir son portefeuille. Mais il pensait que la mort d'un homme peut avoir peu d'importance quand il laisse quelque chose de positif et de bien construit dans la vie. Il était facile d'imaginer que les dernières pensées de l'officier avaient survolé les terres et les eaux, pour se projeter, avec une force pleine d'affection, sur ces personnes qui reproduisaient la photographie prise à la porte de la petite maison, dans un quartier populaire de Londres... Oui, il ne faisait aucun doute qu'il y a une sorte de justification, même face à la mort, quand on laisse derrière soi une trace profonde et sincère de quelque chose d'aussi positif que les gens qui vont te pleurer, qui se souviendront de toi avec tendresse...

Mais il était comme un chien abandonné. Un être méprisable, dont tout le monde se moquait, une sorte de caricature comique qu'il avait dessinée, avec ses gestes obscènes, la main sale d'une femme qu'il avait embrassée passionnément à maintes reprises...

CHAPITRE II

Justin Selby se dirigea vers lui.

« Il fait déjà nuit, monsieur... » dit-il à voix basse. Adams Shaw hocha la tête.

"Oui, mon garçon. Tu as raison. Nous devrons commencer à partir d'ici.

Il faisait presque complètement noir, alors que les incendies de la ville et les explosions de bombes, qui continuaient d'exploser derrière eux, jetaient une lumière rougeâtre à l'horizon, comme si un coucher de soleil mortel était inscrit sur la terre et le ciel.

Le sergent s'approcha de ses hommes.

« Soyons prêts, les gars », a-t-il dit. Nous sortirons avec beaucoup de précautions. Je n'ai pas la moindre idée du chemin à suivre. Mais les feux nous guideront. Avec un peu de chance, nous aurons un peu de chance et arriverons au port avant le départ du dernier navire.

Il a donné des instructions spécifiques pour que le peloton s'ouvre et mette Selby et Fells à l'arrière, laissant Sam, Horace et Ed aller au milieu et se prenant, la mitrailleuse fermement dans ses mains, en tête.

Ils ont quitté la tranchée.

Ils ne pensaient même pas à enterrer les morts.

"Pour quelle raison?

Mieux vaut que les Allemands le fassent quand tout sera fini. Alors, pensa Shaw, ils saisiraient les cadavres par leurs pieds et les jetteraient dans les tranchées, puis les couvriraient à toute vitesse, satisfaits de ce qu'ils avaient fait, heureux d'avoir obtenu ce triomphe retentissant sur les forces anglaises et gauloises.

Ils avançaient le plus vite possible, trébuchant sur d'autres tranchées et d'autres corps immobiles. Des centaines de morts qui couvraient le sol partout, des hommes qui avaient pensé, comme eux, à la belle possibilité d'échapper à ces gigantesques stocks et de pouvoir rentrer en Angleterre, ne serait-ce que pour recommencer, se préparant à continuer le combat contre les le pouvoir noir qui avait surgi à Berlin.

A la lumière des incendies, les Stukas ont continué à hurler leurs sirènes et à lâcher leurs bombes, dans les vols de plongée impressionnants, puis à faire crépiter l'air, avec un son horrible et projetant la haute mousse de l'eau vers le haut, accompagnés des morceaux de les bateaux qui ont été touchés par les bombes.

Mais le sergent et ses hommes étaient encore trop loin de Dunkerque pour se rendre compte de la terrible réalité de cet enfer. Ils se déplaçaient dans une zone sombre, au milieu d'une immobilité maximale, bien plus impressionnante que le rugissement des explosions de Dunkerque.

La mort était devenue la propriétaire absolue de cette terre et semblait sourire, accroupie, attendant l'opportunité de continuer à récolter vie après vie, avec un désir vraiment inconcevable.

Shaw avait réussi à chasser de son esprit les pensées tristes qui l'avaient torturé et maintenant il était devenu l'homme de toujours, le chef de son peloton, conscient de tout ce qui l'entourait, prêt à appuyer sur la gâchette et à se débarrasser de tout le monde. combien d'ennemis se sont présentés. Mais ni lui ni ses hommes ne purent échapper à l'étrange tranquillité qui les entourait. C'était comme s'ils s'étaient soudain retrouvés dans un monde étrange, paradoxal, trop silencieux et noir pour être vrai. Justin, qui était à côté de Peter, à l'arrière du peloton, claquait des dents et il faisait d'énormes efforts pour que le bruit ne soit pas perçu par son partenaire, qui marchait à côté de lui.

Il pensait à ses parents, dans sa maison, dans le jardin où il travaillait le dimanche matin, arrangeant les fleurs que sa mère aimait tant. Il imaginait déjà la joie de la femme et l'étreinte forte qu'elle lui ferait lorsqu'il arriverait à ses côtés et puis, aussi, dans la longue et effrayante histoire qu'elle ferait devant ses amis, dans le bar du coin, à côté de le carré. Un désir enfantin d'héroïsme l'avait possédé dès le début.

Il était prêt à empêcher, quoi qu'il en soit, que quelqu'un remarque et découvre au fond de son âme la peur qui l'envahit dès le premier combat. En ce moment, il tremblait de la tête aux pieds, et pourtant il se laissait emporter par les images souriantes du futur proche.

Malgré l'optimisme pris en sandwich entre la peur qu'il continue d'éprouver, ce que Justin Selby ne peut oublier, c'est l'image du lieutenant, et le souvenir de cette mort lui donne des frissons. Il n'avait, à aucun moment, pleinement assimilé ce que la mort représentait à la guerre. Même lorsqu'il a vu les premiers cadavres, de retour en Belgique, avant la grande retraite, il s'est demandé s'il n'assistait pas à une section de cinéma et si ces corps, qui tombaient autour de lui, n'allaient pas se relever quelques instants plus tard lorsque le directeur du scène ordonné d'arrêter le travail.

C'était comme si son imagination d'enfant l'aidait, en quelque sorte, à se défendre contre l'horreur qui autour de lui voulait l'influencer d'une manière plus terrible et plus directe. Mais abandonnant toutes ces idées, il concentra son esprit sur ce qui se passerait une fois rentré chez lui et cela réussit à le rassurer suffisamment, amenant même un pauvre sourire d'espoir sur ses lèvres tremblantes.

Il admirait chez ses compagnons l'apparente indifférence qu'ils possédaient. Bien sûr, ils étaient tous des hommes adultes et manquaient d'imagination du tout. Il jeta un coup d'œil à l'homme qui marchait à côté de lui et fut submergé par l'envie, se disant qu'il donnerait n'importe quoi pour ressembler au calme Peter Fells.

Peter était un ancien mineur du sud de l'Angleterre, et la vie n'était généralement pas trop compliquée. La même chose est arrivée aux autres, à Sam Blue, à Horace Colton... et un peu à Ed Cooper, même si celui-ci était assez différent des autres. Le sergent Shaw appelait Cooper "l'idéaliste".

Ancien élève, il encourageait ses camarades de classe par de vrais discours, leur expliquant les raisons secrètes de cette guerre et leur montrant aussi sa profonde connaissance de la politique internationale. Grâce à lui, ses camarades de peloton ont appris la naissance du nazisme, la situation chaotique de l'Allemagne d'après-guerre, ainsi que les circonstances qui avaient favorisé Adolf Hitler, lui offrant l'occasion unique dans l'histoire d'atteindre, à une vitesse vertigineuse, jusqu'à la Puissance.

En tant qu'étudiant, Ed Cooper admirait les scientifiques allemands et disait que s'ils avaient atteint le pouvoir, à la manière de ces anciennes républiques grecques, dans lesquelles les sages étaient en même temps les dirigeants, un destin différent aurait eu lieu. . Allemagne. Adams Shaw était le seul à rire au nez de Cooper, le traitant de délirant et d'autres choses.

Mais Justin Selby, comme le reste de l'équipe, admirait ce grand garçon dégingandé aux cheveux blonds bouclés et aux yeux d'un bleu profond. Grâce à Cooper, ils s'étaient longtemps amusés, écoutant son verbe facile, sa parole toujours juste et sage. Ils aimaient aussi la vision claire qu'avait Ed des choses et, surtout, l'enthousiasme qu'il mettait dans tous ses discours.

À ce moment, Adams s'est arrêté et a fait signe à ses hommes de lui emboîter le pas.

En avançant, Sam Blue, tenant la mitraillette, demanda à voix basse :

« Est-ce que quelque chose ne va pas, monsieur ?

— Je ne sais pas, répondit le sergent. J'ai entendu un bruit sur la gauche...

Blue regarda par là, essayant de percevoir quelque chose dans l'obscurité qui, de ce côté, était plus intense qu'à droite, où les feux de la ville éclairaient assez bien le chemin. Mais il ne voyait absolument rien, bien qu'il restât immobile, attendant que le sergent ordonne la marche.

En effet, Shaw, après quelques secondes d'attente, marmonna :

« J'ai dû me tromper. Aller...

Et c'est à cet instant précis que, tout à coup, une lumière aveuglante les enveloppa. Deux réflecteurs, se croisant, les avaient pris entre leurs rayons lumineux, les immobilisant complètement, leur faisant voir l'impossibilité de fuir, puisqu'ils étaient devenus des cibles parfaites pour les Allemands qui devaient être près des réflecteurs, avec l'index sur le gâchette. .

Une voix rauque, trop rauque pour parler anglais, donnant à cette langue un son étrangement guttural, cria :

« Lâchez vos armes ! Vous êtes entouré !

Pendant quelques dixièmes de seconde, Adams Shaw a calculé leurs chances de s'échapper. Ils étaient nuls, totalement inexistants. Résister aurait été insensé et Shaw a tout de suite compris. Par conséquent, sachant que ses hommes ne feraient rien jusqu'à ce qu'il l'ordonne, il fut le premier à lancer la mitraillette, avec colère, à ses pieds, en criant :

"Obéit!

À côṭé de lui, Sam Blue a laissé tomber la mitraillette, tout comme Horace, Ed, Peter et Justin avec leurs fusils respectifs. La voix rauque résonna à nouveau :

« Les mains derrière le cou, vite !

Ils ont obéi.

Puis, dans la zone lumineuse, une demi-douzaine de soldats allemands sont apparus, pointant leurs fusils sur eux, se sont approchés d'eux. Un peu à gauche, un officier nazi, pistolet au poing, fit de même. Quelques secondes plus tard, ils étaient encerclés et l'officier, qui était celui qui leur avait crié dessus, dit en s'approchant du sergent :

« Vous avez eu de la chance, les chiens. Nous aurions dû te tuer...

Adams fixa l'Allemand.

« Pourquoi ne le faites-vous pas ? s'enquit-il d'une voix sûre et ferme.

L'officier est allé faire un geste, mais l'un des soldats, qui était plus près de lui que Shaw, s'est avancé. Le fusil a fait un cercle rapide et la crosse a frappé sur le côté droit du visage de Shaw, et il a été projeté en arrière alors qu'il ressentait une sorte de sensation de picotement sur son visage. Il tomba à la renverse, restant au sol, les paumes de ses mains reposant sur le sol.

L'officier a parlé au soldat en allemand et le soldat a souri. Puis, s'approchant du sergent britannique, l'Allemand dit :

« Tu dois commencer à apprendre, mon ami. Votre langue est trop longue. Debout!

Adams s'assit, puis passa sa main sur sa joue et sentit le contact avec le sang jaillir de la blessure. Il ne dit rien, se mordant juste la lèvre. Pendant ce temps, quelques soldats allemands fouillaient les Britanniques puis ce fut son tour, sentant avec dégoût les mains de ces hommes qui fouillèrent ses poches et emportèrent tout ce qu'il avait sur lui, y compris les papiers du lieutenant Barney. . Mais il ne put résister et dit en s'adressant à l'officier :

« C'est le portefeuille du lieutenant qui est décédé récemment. Il me l'a confié pour l'envoyer à sa famille.

L'Allemand sourit.

"Nous vous l'enverrons", a-t-il répondu. Nous le remettrons à votre femme, de votre propre main. Parce que très bientôt nous serons dans votre pays dégoûtant.

Shaw n'a rien dit.

Les obligeant à mettre les mains derrière la tête, ils ont été repoussés, empruntant un chemin qui s'éloignait progressivement de Dunkerque. Justin Selby, entre Ed Cooper et Peter Fells, a laissé des larmes couler sur ses joues de jeunesse. Plus qu'effrayé, il était désespéré de voir qu'il était très probable qu'il ne retournerait jamais en Angleterre. Il était infiniment malheureux et pleurer, au fond, lui faisait un peu du bien.

Ils ont marché toute la nuit.

Maintenant, ils marchaient sur une route, marchant le long du fossé pour ne pas déranger les blindés et les camions allemands qui, en nombre incalculable, se dirigeaient vers le sud. Les occupants de ces véhicules leur prêtaient peu d'attention et se contentaient de les regarder, le visage grave et sombre. L'officier et ses hommes marchaient à leurs côtés, mais seuls deux des soldats allemands avaient leurs fusils à la main et les autres l'avaient mis sur leurs épaules, tout à fait convaincus que les Anglais n'allaient pas tenter de s'échapper.

Plus tard, ils ont été obligés de s'arrêter et de monter dans des camions, les livrant à de nouveaux soldats, sous le commandement d'un sergent qui a salué militairement l'officier, debout devant lui.

Adams Shaw ne pouvait pas comprendre un seul mot de ce dont ces hommes parlaient et il les vit sourire, fumer tranquillement alors qu'ils forçaient toujours leurs mains à l'arrière de leur cou, une position qui produisait des crampes dans leurs bras.

Le sergent n'avait pas encore assimilé sa nouvelle situation et il était abasourdi, incapable de mesurer la réalité de ce qui lui arrivait. Il regarda ses hommes et constata avec satisfaction qu'ils étaient tous calmes ; Je veux dire, tous sauf Justin Selby qui n'arrêtait pas de pleurer.

Pour la première fois, il eut pitié du jeune homme et se dit que cela avait été une vraie malchance pour lui de s'être inscrit tôt.

Mais il n'y avait plus de remède.

Quatre soldats allemands sont montés dans le camion, ainsi que les prisonniers, et le véhicule a immédiatement démarré. Toute la nuit, sans s'arrêter, le camion s'est dirigé vers le nord, sur des routes de plus en plus calmes, l'agglomération de troupes succédant à une série de postes de garde et rejoignant plus tard d'autres camions chargés de prisonniers qui étaient toujours dans la même direction.

A l'aube, l'un des soldats allemands a indiqué qu'ils pouvaient s'asseoir et les prisonniers ont obéi en baissant les mains.

Sam Blue a alors montré son audace en suppliant les Allemands d'une cigarette.

"Ils nous ont tout pris", a-t-il expliqué en souriant. Et j'ai vraiment envie de fumer...

Le soldat a souri et a sorti un paquet de cigarettes qu'il a distribué aux prisonniers. C'était un homme d'une trentaine d'années, au visage paysan caractéristique et apparemment doté d'un grand cœur. Puis il les invita à prendre un verre dans sa propre cantine et l'incorrigible Bleu, après avoir goûté le liquide, dit :

« C'est du cognac français, n'est-ce pas, sergent ?

"Je pense que oui," répondit Shaw.

"On voit qu'ils ne pardonnent rien" continua Sam. C'est comme le homard...

Ed Cooper sourit.

"Les guerres n'ont fait aucun progrès à cet égard", a-t-il déclaré, avec ce ton doctoral qui a fait sourire Adams Shaw. Le vainqueur prend ce qu'il veut du pays des vaincus. Mais c'est l'une des raisons qui les rend les plus odieux.

« N'allez-vous pas nous laisser tomber un autre de vos parchemins ? s'enquit Fells.

"N'ayez pas peur," répondit Cooper. Avez-vous déjà pensé à ce qui nous attend ?

C'est Justin Selby, les yeux écarquillés, qui a demandé, à son tour :

« Que veux-tu dire, Ed ?

"Que les mauvais moments n'ont pas encore commencé, mon garçon," répondit Cooper. J'espère qu'ils ne nous envoient pas dans un camp de concentration où nous sommes mélangés avec des détenus politiques et des juifs. Ce serait terrible ! J'ai lu trop de choses sur ce sujet...

Personne ne remarqua le frisson qui secoua le corps de Fells.

Parce qu'il était juif.

Les camions ont continué leur route, puis ont viré nettement vers l'est. Ils étaient entrés en Allemagne et avaient couru toute la journée, ne s'arrêtant que peu, dans une ville très propre, où les soldats mangeaient et un ranch infâme était distribué aux prisonniers. Quoi qu'il en soit, Adams et ses hommes l'ont dévoré avec un réel appétit et l'auraient répété si la magnanimité des Allemands l'avait rendu possible.

Plus tard, lorsque les camions ont recommencé à avancer, Justin Selby a fait de son mieux pour s'asseoir à côté du sergent.

"Monsieur..." dit-il.

Shaw le regarda.

« Qu'est-ce que tu veux, petit ? s'enquit-il.

« Je voulais vous parler, mon sergent.

"Parle.

"Tu vois..." Justin hésita. Je pensais que je pouvais demander aux Allemands de me renvoyer chez moi.

« Tu es devenu fou ?

— Ce n'est pas ça, monsieur. Je peux vous montrer que je n'ai pas l'âge d'être soldat. Ils n'ont pas le droit de m'enfermer dans un camp de concentration.

Adams Shaw sourit.

« Un peu de patience, mon ami, dit-il. Les choses ne vont pas être aussi désastreuses qu'elles le paraissent. De plus, nous nous organiserons pour vivre la meilleure vie possible. Tu dois affronter les mauvais moments, Justin.

"Vous avez raison, monsieur", répondit le garçon.

Mais il avait son idée. Et il jeta un coup d'œil à Peter Fells, se demandant si cela valait la peine de tout risquer pour tout. Il n'était en aucun cas disposé à endurer le long emprisonnement dans un camp de concentration. Car même s'il n'était guère plus qu'un enfant, il comprenait parfaitement que les Alliés allaient perdre la guerre et qu'il lui faudrait donc des mois, peut-être des années, avant de pouvoir retourner en Angleterre, voire jamais. une telle chose possible.

Incapable en revanche de se rendre compte de la terrible réalité qui s'annonçait, Justin Selby s'est volontairement laissé emporter par son propre projet, qu'il avait imaginé peu de temps auparavant, lorsqu'il s'est souvenu d'une phrase de Fells et l'a associée à ce qu'Ed Cooper avait expliqué quelques instants auparavant.

Les conséquences de ce qu'il s'apprêtait à faire lui importaient peu, puisqu'il était presque absolument certain qu'il allait être favorisé après tout.

Pendant ce temps, alors que le crépuscule commençait à se lever, les camions continuaient leur chemin et ils s'arrêtèrent tous, lorsque la nuit noire enveloppa complètement la caravane. On les fit descendre des voitures et formèrent, en une longue file, Anglais et Français, puis les firent avancer vers la gigantesque porte du camp de concentration auquel ils avaient été affectés.

L'apparence de tout cela, sombre et sombre, a tellement impressionné Justin Selby qu'il était sur le point de pleurer à nouveau.

De hauts barbelés formaient une barrière impressionnante et on pouvait voir les tours d'observation, où les Allemands, avec des projecteurs et des mitrailleuses, surveillaient de près les prisonniers. La première partie qu'ils traversaient semblait tout à fait normale, mais alors qu'ils passaient devant la deuxième rangée de barbelés, plongeant directement dans le champ, l'apparence de tout ce qui les entourait changeait comme un charme.

Les casernes, situées de part et d'autre de la promenade centrale, ont été presque entièrement détruites par la pluie, le soleil et le vent. Ses toits, formés d'une simple toile goudronnée, offraient une multitude de trous et son intérieur n'était pas différent du triste aspect qu'ils offraient à l'extérieur. Des tas de paille malodorante marquaient l'endroit où dormaient les prisonniers, et une forte odeur d'humanité flottait partout.

On leur assigna un coin où ils se laissèrent tomber, en silence, en regardant les autres qui avaient été capturés avant eux et qui les regardaient aussi avec curiosité. Une seule ampoule, couverte de fientes de mouches noires, éclairait faiblement l'intérieur de la caserne. Il n'y avait qu'à regarder de près les visages de ceux qui étaient déjà là pour comprendre que les calamités étaient les maîtres absolus de la vie à la campagne.

Les uniformes étaient ruinés et les visages pâles, hagards, aux pupilles brillantes et aux lèvres presque blanches. Assis dans son coin, Justin Selby se dit qu'il n'y resterait pas longtemps et qu'il allait être, heureusement, l'un des chanceux qui s'échapperait très bientôt de cet enfer, échappant au désespoir qu'il pouvait lire, clairement , face à ses compagnons captifs, aux regards ternes et aux visages hagards qui l'entouraient.

Bien sûr, je ferais les choses avec soin, sans que personne ne le sache.

Mais il se fichait même de ne pas pouvoir dire au revoir à ses amis, à ses coéquipiers. Ils le conduiraient ailleurs et il était même possible, si l'Allemagne réussissait à envahir la Grande-Bretagne, qu'il rentre bientôt chez lui, même si les rues des villes anglaises étaient pleines de soldats nazis victorieux.

Qu'est-ce que cela pouvait lui importer ?

CHAPITRE III

Heinrich Slassen rit de contentement.

L'ordre par lequel il avait été nommé, le matin même, à la tête du Stalag XXIII, en l'absence du major Ivrogne, qui avait rejoint le front, le remplissait de joie. Il était évident que cela signifiait une sorte de promotion, sinon en gallons de catégorie, car cela lui donnait un pouvoir omniprésent sur environ deux mille prisonniers. Bien entendu, tout cela était dû à sa participation directe, depuis 1933, à la vie politique du Parti national-socialiste.

Il a eu beaucoup de chance de passer au moment opportun, en changeant de corps, en quittant la SA pour devenir partie intégrante de la SS. Il se félicitait encore de la claire perception qu'il en avait eue, surtout lorsque les rumeurs du complot qu'il préparait au sein des SA, destiné à briser l'élan d'Adolf Hitler et à remettre à sa place l'ambitieux Rohm qui, sans doute, avait cru que le le moment de son exaltation au pouvoir était arrivé.

Assis dans son bureau de chef du Stalag XXIII, l'Oberleutnant Heinrich Slassen se remémorait désormais, avec un réel délectation, ses débuts qui correspondaient au babillage du national-socialisme en Allemagne.

Les SA (Sturmabteilung, Sections d'assaut) étaient inextricablement liées, dans sa création, à la personne de Göering qui en était le chef supérieur en décembre 1922. En novembre 1925, les SS (Socialdemokratische Partei Deutschlands, Parti social-démocrate allemand) étaient créées.) et, dès lors, une lutte sombre et secrète s'engagea entre les deux organisations. En janvier 1931, Rohm prit la direction de l'état-major général de la SA, et par la suite, il commença à concevoir de sérieux espoirs visant à faire de lui le nouveau Führer de la nation allemande.

Mais Rohm a oublié qu'Hitler était constamment informé des ambitions et des mouvements de ceux qui l'entouraient. Ainsi, dans la nuit épouvantable du 30 juin 1934, le Führer, accompagné de ses hommes de confiance, procède au grand ménage au sein de la SA. C'est l'Obergfiruppenführer de la SA Lutze, ancien assistant de Pfeffer, qui dénonce les ambitions de Rohm à von Reichenau. Avant que tous ces murmures n'atteignent les oreilles d'Adolf Hitler, Rover, le Gauleiter d'Oldenbourg, proposa l'arrestation immédiate de l'ambitieux Rohm, au motif que s'il relevait de sa juridiction, il pouvait l'attaquer sur la base de l'article 175 du Code pénal, se référant à l'homosexualité.

Pendant ce temps, la nouvelle arrivait au Führer qui se rendit compte qu'il était tout à fait possible, en effet, que Rohm préparât un « putsch ».

A cinq heures du matin de cette triste journée, une longue file de voitures, protégées par une voiture blindée Reishswehr, s'est approchée de Wiessee où Rohm, tout à fait calme, a dormi dans la célèbre pension Hanslbaver.

Hitler était accompagné d'un groupe d'anciens gardes personnels, avec qui il se rendait à toutes les réunions politiques. Egalement avec lui étaient Emil Maurice et l'ancien marchand de chevaux, Christian Weber. Lorsqu'ils arrivèrent à la pension, ils furent accueillis par le comte von Spreti, que Hitler frappa au visage avec le pommeau de l'ancienne cravache qu'il était si heureux d'emporter avec lui.

Immédiatement après, Rohm a été détenu dans sa chambre, devant être réveillé, car il dormait profondément.

Rohm a été menotté et emmené à Munich en tant que prisonnier d'État.

Pendant ce temps, Hermann Göering, équipé de moyens de combat et utilisant des véhicules blindés, avait encerclé la maison principale des SA, s'emparant de tout le matériel de guerre, armes et munitions et faisant prisonniers tous ses occupants.

Environ deux cents chefs des SA ont été enfermés à Munich, dans la prison de Stadelheim. Rohm a été surpris par cette arrestation et n'a fait que protester, auprès de ceux qui lui ont rendu visite, qu'il avait toujours combattu aux côtés d'Hitler et que l'idée de se rebeller contre le Führer ne lui a jamais traversé l'esprit.

Pendant ce temps, dans la Maison Brune, Hitler étudia la liste des détenus et marqua, en les soulignant avec un crayon rouge, cent dix d'entre eux. C'étaient les hommes qui devaient mourir. Mais l'arrivée de Franz, le ministre bavarois de la Justice, a amené Adolf Hitler à finalement réduire cette liste à dix-neuf noms. En tête, bien sûr, se trouvait Rohm, à qui le Führer avait fait apporter un pistolet dans sa cellule, espérant que cela mettrait fin à ses jours. Mais Rohm a refusé de se suicider et, avec ses compagnons, a été abattu dans la cour de la prison de Stadelheim à Munich au petit matin du 1er juin.

Deux mois plus tôt, le rusé Heinrich Slassen était volontairement passé à la SS

Et maintenant, il était content de l'avoir fait, d'avoir pris cette précaution.

En se souvenant de cette horrible nuit, il frissonna. Il aurait pu se trouver dans la maison des SA à Berlin, étant l'un des détenus du puissant Hermann Göering, lorsqu'il s'est présenté avec ses voitures blindées, entourant le bâtiment. Mais la chance l'avait encore une fois favorisé, et maintenant il pouvait se féliciter d'avoir « flairé » cette situation qui aurait pu être définitivement tragique pour lui.

Il leva la tête lorsqu'il entendit frapper à la porte.

" Allez-y ! s'exclama-t-il.

Quelques instants plus tard, son homme de main, Feldwebel Dietrich Klossen, se tenait devant son supérieur.

— De nouveaux prisonniers sont arrivés, lieutenant, dit le sergent.

"Beaucoup?

« Deux cent quatre-vingt-trois, exactement.

« Ont-ils déjà été hébergés ?

"Oui. Sur l'îlot 16. Il y a 112 Anglais parmi eux. Les autres sont Français.

"D'accord. Nous attendons des ordres de Berlin. Vous savez, Klossen, que j'ai proposé d'employer ces prisonniers dans les usines d'armement voisines. Il y a des missions qu'ils peuvent facilement effectuer, gagnant ainsi de la nourriture que nous aurions autrement à leur donner. comme cadeaux. Herr Funker, le propriétaire d'une de ces usines, m'a fait part des difficultés qui existent actuellement dans la salle de coulée. Et ce serait vraiment dommage que de bons ouvriers allemands, de race aryenne, tombent malades en tous ces clochards et ces cochons se prélassent dans les champs, s'entretuant leurs poux, vous ne trouvez pas ?

« C'est une idée magnifique, monsieur.

« Demain, nous irons voir Herr Funker, bien que nous n'ayons pas encore reçu d'instructions de Berlin. J'espère qu'ils ne tarderont pas à nous les envoyer.

"Comme vous voulez, lieutenant.

« Y a-t-il autre chose ?

"Non, rien. Je vais distribuer le ranch de la nuit aux nouveaux arrivants. Bien que ce soit une canette...

"Pourquoi?

— Parce que nous avons déjà éteint les cuisines, monsieur. On ne s'attendait pas à l'arrivée de ces hommes à ce moment-là.

« Quel problème ! Ne dérange pas les cuisiniers, Dietrich. Pas besoin de distribuer de la nourriture ce soir. Laisse ces cochons dormir et demain matin ils auront plus d'appétit.

Le Feldwebel se redressa, puis leva son bras droit.

« Salut Hitler !

« Heil ! L'Oberleutnant s'est contenté de répondre.

Les sirènes ont commencé à rugir avant que le jour ne soit né.

Secouant le sommeil et la fatigue, les prisonniers quittèrent la caserne et formèrent la longue marche, dans cette sinistre barrière, qui divisait le camp en deux parties égales. La lumière des projecteurs a largement illuminé tout le secteur et peu de temps après l'arrivée des soldats allemands en charge de la formation. Ils étaient armés d'un pistolet qu'ils ne tiraient presque jamais et, au contraire, tenaient à la main une matraque en caoutchouc avec laquelle ils frappaient les attardés.

Malgré la période de l'année, le froid était intense dans cette région, et la fatigue de la veille se lisait sur les visages de ceux qui étaient arrivés avec Adams Shaw et les hommes de son peloton.

Peu de temps après, le chef du camp parut, impeccablement vêtu. Il passa en revue les prisonniers puis, se tenant à peu près au milieu de la rue, aux côtés de qui les hommes étaient alignés, dit-il, parlant en allemand et interrompant de temps en temps pour que l'interprète, qui était à côté de lui, puisse traduire , d'abord en anglais puis en français, ses propos.

"Je n'aime pas les discours" commença-t-il à dire. Je n'aime pas non plus vous rappeler que vous êtes des prisonniers, parce que vous pouvez le voir. Ce que je veux vous dire, c'est que vous allez avoir la possibilité de vivre dignement, de gagner votre nourriture et combien de choses l'Allemagne vous donnera généreusement. Il est presque certain que certains d'entre vous, sinon beaucoup, pensent qu'il existe des accords, signés à Genève, qui empêchent l'utilisation de prisonniers de guerre. Nous, les nationaux-socialistes, sommes disposés et nous voulons avant tout que les hommes qui se préparent à travailler le fassent volontairement. Personne ne sera obligé d'aller dans les usines, mais, bien sûr, ceux qui accepteront ce travail bénéficieront d'une vie, d'une nourriture et de soins que nous ne pouvons pas fournir aux autres. Et comme j'aime savoir quel genre de personnes est tombé à ma chance, Je veux que ceux qui souhaitent travailler pour l'industrie de guerre allemande se manifestent dès le coup de sifflet. Compris ?

L'interprète a sifflé quelques instants plus tard.

Il y eut un moment d'attente, puis soudain, à la stupéfaction générale, un seul homme se détacha des rangs des prisonniers.

Justin Selby.

Debout à côté du sergent, même Adams Shaw fit signe d'arrêter le jeune homme. Mais il était trop tard et Selby avait fait le pas fatal.

Presque aussitôt, un murmure sourd se répandit dans les rangs des prisonniers et le fouet violent de quelques paroles injurieuses se fit entendre en français et en anglais.

"Porc!

"Porc!

"Traitre!

"Dépassé!

L'Oberleutnant Henrich Slassen rugit de rage.

« Chut, fils de pute !

Son visage était décomposé, mais un sourire ironique effleura ses lèvres tandis qu'il s'approchait, à pas mesurés, du seul volontaire, devant lequel il s'arrêta.

« Très bon gars. Vous voyez comment vos collègues vous traitent. Mais ne vous inquiétez pas, êtes-vous prêt à travailler pour l'Allemagne ?

Justin Selby était devenu intensément rouge et il lui en a fallu beaucoup pour dire :

"Oui monsieur. De plus, j'avais besoin de vous parler, en privé.

Le sourire s'approfondit sur les lèvres de l'Allemand.

"Parfait. Viens avec moi". Il se tourna vers le Feldwebel et lui dit en allemand : « Envoyez ces cochons dans leur caserne ! Qu'il n'y ait pas de distribution de ranch jusqu'à nouvel ordre !

Dietrich Klossen claqua des talons, puis se tourna vers l'interprète pour lui faire traduire les ordres de l'officier.

Encadré par les soldats accompagnant le lieutenant allemand, Justin Selby quitta le camp et fut introduit dans le propre bureau de Slassen, qui lui montra une chaise.

« Asseyez-vous, mon ami », dit-il. Puis il ouvrit son étui à cigarettes en or et lui offrit une cigarette que le jeune homme avoua en rougissant de nouveau.

Heinrich le regarda avec curiosité :

« J'étais très satisfait, expliqua-t-il, que vous soyez le seul volontaire. Tu vas gagner, mon garçon. Mais, il me semble que vous avez dit que vous vouliez me parler en privé. Ce n'est pas comme ça ?

— Oui, monsieur, dit l'Anglais, surpris que Slassen n'ait pas besoin d'interprète à ce moment-là. En fait, Heinrich parlait assez bien anglais, mais il pensait que cela perdrait de son importance s'il s'adressait directement aux prisonniers, préférant en tout cas avoir recours à l'interprète.

"De quoi s'agit-il?

Justin Selby hésita.

Les insultes que lui adressent les prisonniers résonnent encore à ses oreilles. Est-ce qu'il allait bien ?

N'était-il pas soudain devenu un sale traître ?

Il a défait ces idées, convaincu qu'il travaillait pour son propre bien, car aucun de ceux qui étaient restés sur le terrain n'aurait levé le petit doigt pour l'aider dans ses desseins. Levant la tête, il regarda calmement l'Allemand.

— C'est quelque chose d'important, monsieur.

"Parle.

« Il y a un juif dans mon peloton.

Le sourire qui apparut alors sur les lèvres de Slassen était plein de cruauté.

« Très intéressant ! En êtes-vous sûr, au moins ?

« Complètement, monsieur.

« Quel est le nom de cet homme ?

« Peter Fells, monsieur.

" Génial ! Tu me montres " continua-t-il en disant, après une courte pause ", que tu es beaucoup plus intelligent que tu ne le semblais au premier abord. Mais je veux savoir autre chose, pourquoi as-tu dénoncé ton camarade ?

— Parce que je veux retourner en Angleterre, monsieur.

L'Allemand fronça les sourcils.

Retourner en Angleterre ? Il était étonné, honnêtement.

— Oui, mon lieutenant. Je sais que vous allez débarquer dans mon pays d'un moment à l'autre. Et j'aimerais revenir au plus vite. Je me suis présenté avant qu'ils ne m'appellent et je ne suis pas encore assez vieux pour être soldat. J'ai dû tricher, falsifier mes documents.

« Aviez-vous tellement envie de nous combattre ?

— Ce n'est pas ça, s'empressa de répondre le jeune homme. J'étais ravie, impatiente de vivre la meilleure aventure de ma vie. Malheureusement " et baissa la tête, posant son menton sur sa poitrine ", je me trompais de médium à médium...

Le ton de la voix de Slassen s'échauffa.

« Ne t'inquiète pas, mon garçon. Quel est ton nom ?

« Justin Selby, monsieur.

« Ne t'inquiète pas, Justin. Tout s'arrangera pour toi. Je te promets que dès que les soldats allemands auront mis le pied en Angleterre, je te renverrai chez toi. Tu es heureux ?

"Merci mon Seigneur.

Maintenant écoutez-moi bien. Je t'ai déjà dit que tu étais un gars intelligent et très observateur. Vous retournez sur le terrain. Comme si de rien n'était. Vous pouvez compter ce que vous voulez. À savoir...

Ses yeux brillaient d'une manière inattendue. Il comprit que le retour du garçon allait lui poser des problèmes. Alors, s'approchant de la porte, il l'entrouvrit en criant :

« Feldwebel !

Dietrich Klossen est apparu quelques instants plus tard.

« Il faut arranger les choses, expliqua son supérieur, en allemand, pour que ce garçon ne soit pas en danger sur le terrain. Tu sais, l'habituel... mais ne lui fais pas trop de mal. Demandez à l'interprète de vous l'expliquer en détail, d'accord ?

"Oui monsieur!

Heinrich se tourna vers le jeune homme.

« Rejoignez le sergent, Justin. Il va vous donner quelques conseils pour qu'il ne vous arrive rien sur le terrain. Et faites-nous confiance. Nous sommes à vos côtés. Rien ne t'arrivera.

« Merci, mon lieutenant.

Dietrich l'emmena dans une caserne voisine et appela l'interprète en lui expliquant qu'il devait dire au garçon qu'il fallait le frapper un peu pour que ses compagnons puissent croire l'histoire qu'il allait leur raconter. C'était le seul moyen de calmer un peu les esprits de ceux qui le considéraient comme un traître. Pâle comme du papier, Justin écouta les paroles de l'interprète puis regarda les yeux écarquillés de peur en voyant le sergent s'approcher de lui.

"Je ne te ferai pas trop de mal, mon garçon" lui dit Klossen, en allemand, avec un sourire cynique sur les lèvres.

Puis il a commencé à le frapper.

Il l'a fait scientifiquement, comme il l'avait appris dans les SS. Heureusement, Justin Selby a perdu connaissance presque immédiatement, même si l'autre a continué à le frapper. Puis il a appelé deux soldats et leur a ordonné de l'emmener à sa caserne. Alors qu'ils s'éloignaient, Dietrich Klossen sourit de l'état désastreux dans lequel il avait laissé le jeune prisonnier. Il aimait frapper. C'était quelque chose de bien plus fort que lui. Et il espérait le faire à maintes et maintes reprises, lorsqu'il se souvint, en grinçant des dents, de l'attitude rebelle de tous les prisonniers du Stalag XXIII.

L'apparition de l'Obertleutnant mit de côté ses cruelles pensées.

"Tu vas rester ici" lui dit Heinrich. J'aimerais prendre la voiture pour rendre visite à Herr Funker. Je reviens tout de suite.

"Très bien Monsieur.

« Vous ne l'avez pas frappé trop fort, n'est-ce pas ?

— Non, mon lieutenant. Juste assez pour que ces cochons ne se méfient pas de lui. Avez-vous commandé des travaux importants ?

"Oui. D'un très important, sergent. Et maintenant que je m'en souviens, ce soir, nous sortons un sale juif de la caserne. Les gardes ne se sont pas amusés depuis longtemps. J'espère qu'ils n'ont pas oublié ce qu'ils ont appris , hein?

"Ils s'en souviennent parfaitement, monsieur," répondit Klossen. Vous pouvez voir par vous-même ce soir.

« Je l'espère ! Je ne veux pas de juifs dans ce domaine. Nous avons eu beaucoup de charognes à nos côtés ces derniers mois. Bien sûr que Peter Fells, qui est le nom de l'Israélite, ne sait pas ce qui l'attend. " Il s'éloigna de quelques pas, puis se tourna de nouveau vers le sergent. Puis il dit : " J'oubliais, Klossen. Distribuez le ranch vers quatre heures. Mais ne laissez aucun d'entre eux quitter la caserne. Prenez deux hommes de chacun d'eux et leur faire distribuer la nourriture, mais sans que personne ne sorte le nez.

« A votre service, Herr Oberleutnant !

Quelques instants plus tard, Heinrinch Slassen monta dans sa Mercedes, donnant au chauffeur l'adresse de l'une des usines les plus importantes de la région. Et tandis que le véhicule franchissait la grille du champ, Heinrich Slassen pensa à l'excellente eau-de-vie que lui offrirait Herr Funker, au cigare qu'il fumerait à ses côtés et, surtout, aux bénéfices qu'il pourrait obtenir si le puissant fabricant accepté, comme il le pensait. pour ce faire, la collaboration de quelque cinq cents prisonniers, qu'il pourrait affecter à la salle de fusion.

Oui, il avait été un homme vraiment intelligent pour quitter la SA, au bon moment. Et bien qu'il s'était débarrassé de tous ces dangers, il ne put s'empêcher de frissonner en se souvenant de cette triste nuit, lorsque les voitures blindées d'Hermann Göering encerclèrent le bâtiment SA à Berlin, pénétrant à l'intérieur et conduisant les dirigeants jusqu'à cette prison de Munich où, des semaines plus tard, ils ont quitté leurs cellules pour aller directement au mur.

Maintenant, ça allait être différent.

Qu'il le veuille ou non, le IIIe Reich reposait sur les SS, devenues l'axe le plus important de la nation. Les hommes qui protégeaient le Führer étaient des SS, ceux qui surveillaient partout de près appartenaient aux SS. Et même la Gestapo entretenait des relations étroites avec les SS, qui devenaient très souvent son bras exécutif.

L'Oberleutnant a parfaitement compris qu'Hitler ne faisait pas trop confiance au haut commandement de l'armée. Il avait eu l'occasion, alors qu'il était à Berlin, d'assister à une réunion où les généraux, avec leur ridicule galon rouge courant en travers de leur pantalon kaki, se sentaient supérieurs, comme si tout pouvait être attendu d'eux.

Bah !

La moitié de ces cochons songeaient déjà à des compromis avec l'Occident et n'avaient en tête que des projets de signature de pactes séparés, arrêtant la colossale machine de guerre qui avait réussi à faire de l'Allemagne le pays le plus puissant du monde.

Mais ils n'auraient d'autre choix que d'obéir aux ordres qu'ils recevraient.

Près des postes de commandement, il y avait toujours une unité SS, qui s'appelait « protection » ; mais en réalité, en plus de remplir cette importante mission, ils étaient là pour rappeler aux généraux que Berlin ne permettrait aucune trahison, pas même le moindre écart par rapport aux ordres émanant du quartier général.

Et si quelqu'un était assez fou pour désobéir, les SS le ramèneraient à la raison rapidement, sans perdre de temps. Parce que ses hommes étaient devenus, ni plus ni moins, que la raison d'être du nouvel État national-socialiste.

CHAPITRE IV

Dans la dernière caserne de la rangée de droite, Marcel, assis au fond, ôta sa chemise sale, exposant son ventre velu, dans les cheveux duquel il fouilla furieusement, en se mordant la lèvre.

« Est-ce qu'ils piquent ? » Demanda son voisin, un jeune homme maigre qui contemplait avec admiration le corps volumineux et poilu de son colocataire.

"Bon sang!" cracha Marcel. " Ce doit être un pou nazi...

« Et quelle différence cela fait-il ? Demanda l'autre.

Le colosse et le gigantesque Santais le regardaient avec mépris.

"Ignorant!" Il s'est excalmé. Un pou français mord juste; un nazi entre dans votre sang pour voir s'il découvre si vous êtes juif ou non.

Le jeune homme sourit, montrant des dents maigres, bien que les quelques dents restantes soient blanches. Les autres lui ont sauté de la bouche dès qu'il a atteint le terrain, grâce aux poings du sergent Klossen.

« Quelle grâce ! s'exclama-t-il.

— Je ne la vois nulle part, grogna Marcel. Si c'est un pou national-socialiste, putain je vais l'attraper et ensuite me regarder le faire éclater ! « Et a continué à fouiller dans la fourrure où quelques poils blancs étaient épars, bien que rares.

Claude ouvrit alors la porte du dortoir, pénétra à l'intérieur et ferma soigneusement derrière lui. C'était un jeune homme maigre et pâle, avec des épaules si étroites qu'elles faisaient penser, sans erreur, à une poitrine typiquement tuberculeuse, avec des côtes et des clavicules exposées qui laissaient des trous au-dessus d'elles ; trous qui pourraient facilement s'adapter à une orange.

Il regarda de nouveau dans l'allée des pieds de ceux couchés sur la paille. Puis il se laissa tomber à côté de Marcel.

"Ils l'ont rendu sur le terrain", a-t-il déclaré.

L'autre sembla n'avoir rien entendu et continua sa recherche, jusqu'à ce que tout à coup il éclate de rire, arrachant ses larges doigts des cheveux noirs, pressant le pouce et l'index de sa main droite.

« Je l'ai déjà ! s'exclama-t-il avec un cri de triomphe.

Claude regarda curieusement les doigts énormes de son ami et vit que ce dernier, de son autre main, s'emparait de l'animal, le prenait avec précaution et le brandissait à la vue de tous.

« C'est une chemise marron ! " Il a dit ". Voyez-le, les amis! Un cochon nazi qui a osé sucer le sang d'un Français ! Au diable mille fois ! Maintenant, vous allez les payer tous ensemble, espèce de "chemise brune" dégoûtante ! Et vous ne pourrez pas appeler votre « Führer » pour vous sauver... !

Il a placé le parasite sur l'ongle large et sale de son pouce gauche et l'a fait correspondre avec le même ongle sur son autre pouce. Le bruit que l'animal a fait lorsqu'il a explosé a été clairement entendu. Puis il y avait une tache brune et rouge, que Marcel nettoya soigneusement avec son pantalon crasseux.

« Un de moins ! », soupire. Puis, se tournant vers le nouveau venu, il demanda : « Qu'as-tu dit avant, Claude ?

« Qu'ils l'ont fait revenir sur le terrain.

"Le volontaire?

"Oui. Ils l'ont amené entre deux soldats. Klossen a dû s'occuper de lui...

« Klossen ! » s'exclama l'édenté en passant ses doigts sur sa bouche, comme si le nom de l'Allemand et l'état de ses dents associaient inévitablement ses idées « Le cochon même !

"Chut" dit Marcel. Ce sont toutes des histoires. Ils ne l'ont certainement pas trop blessé.

"Que veux-tu dire?" demanda Claude.

« Qui est du pur chameau. Ne vous souvenez-vous pas qu'il a dit au lieutenant qu'il voulait lui parler seul ?

"Oui mais ...

« Laisse-moi continuer, Claude. Ce type est un sournois et Klossen a un peu déguisé la vérité, pour nous tromper.

« Vous voulez dire qu'il l'a frappé exprès, sans raison ?

« Oui, c'est ce que je veux dire. L'as-tu vu?

"De loin.

Marcel finit de se gratter le ventre puis rentra sa chemise.

« Écoute, dit-il en regardant Claude. Vous allez voir l'Anglais, ce sergent. Dis-lui que je veux le voir... tout de suite.

— Bien, répondit Duvillard en se levant pour exécuter l'ordre.

Le colosse le suivait des yeux, un sourire ironique apparaissant sur ses lèvres. Ce geste n'est pas passé inaperçu des édentés, qui ont déclaré :

« Ils t'obéissent, hein, Marcel ? Vous êtes devenu le patron.

"Pas le vôtre ...

"Non" répondit l'autre. Ils ne me trompent plus.

Marcel sourit.

"Vous faites bien. Tu es un gars trop intelligent. Vérité?

L'édenté secoua la tête d'un côté à l'autre sans grande conviction.

« Je ne me prends pas pour malin », dit-il, mais je ne suis pas dupe de ta politique, Marcel. Vos amis et les nazis ont signé un traité. As-tu oublié?

« Imbécile ! Que savez-vous ? Mais n'attendez rien de nous. Et si vous continuez à dire des bêtises, vous allez passer un très mauvais moment.

« Vous avez passé un mauvais moment ? » rit l'autre. Quelle grâce ! Je vois que vous avez pris au sérieux votre rôle de leader des communistes. Après tout, vous n'êtes qu'un petit groupe sur le terrain. Essayez de ne pas l'oublier.

« Nous sommes peu nombreux, mais une de ces nuits, nous pouvons vous tordre le cou.

« Je n'ai pas peur de toi. Il y a ici, dans la caserne, beaucoup de gens qui pensent comme moi et qui vous méprisent. Après tout, la différence entre vous et les nazis est la couleur de la chemise.

Marcel s'apprêtait à répondre, mais se retint. Claude et l'Anglais venaient d'entrer dans la caserne et le colosse se leva rapidement, sans regarder l'édenté, préférant trouver un autre endroit pour converser avec les Britanniques. Cela ne l'intéressait pas que des oreilles aussi stupides que celles de son interlocuteur précédent entendent ce qu'il allait dire.

Il y avait une place que les communistes s'étaient réservée, près de la porte. Il y avait les onze qui servaient Marcel à la caserne, qu'ils respectaient et considéraient comme leur chef suprême. Il n'eut pas besoin de dire quoi que ce soit à Santais pour que les hommes se lèvent, formant un cercle pour que Marcel puisse parler calmement.

L'un d'eux se tenait près de la porte au cas où il serait nécessaire d'empêcher l'arrivée d'une sentinelle.

"Asseyez-vous..." dit Marcel à Adams. Tu parles français?

« Oui, un peu.

"Bien. Meilleur. Je connais aussi votre langue, mais j'ai du mal à m'y exprimer. Une cigarette ?

"Merci.

Marcel étudia attentivement l'Anglais en tirant les premières bouffées de sa cigarette. Dès le début, et sans savoir exactement pourquoi, elle aimait Shaw, avec son corps fort, son visage de garçon et l'éclat intense et lumineux de ses yeux bleus francs.

« Vous étiez le sergent de ce type qui s'est porté volontaire, n'est-ce pas ? Il a demandé à l'improviste.

"Oui. Justin Selby était à mon service.

« Ils m'ont dit qu'ils l'avaient rendu.

"C'est comme ça. Mais avant qu'ils ne lui donnent une bonne raclée... je ne comprends pas...

"Je le sais. Écoute, mon pote... tu ne m'as pas encore dit ton nom.

"Adam Shaw.

« Je suis Marcel Santais. Comme je le disais, ce qui s'est passé est limpide. Ça... Selby a dû se taire et les Allemands l'ont passé à tabac lorsqu'ils ont réalisé que son acte de volontariat pour le travail nous avait rendus furieux. Il s'agit, ni plus ni moins, que d'avoir un vif d'or sur le terrain.

« Je ne pense pas que Justin soit un traître.

Comment peux-tu être sûr?

« Je ne sais pas, mais je le connais. C'est un enfant qui est venu à la guerre trompé et qui se met à pleurer quand quelque chose de gros arrive.

« Exactement le genre de gars que les Allemands peuvent faire danser sur l'air qu'ils aiment le plus.

« Mais que veux-tu que ce garçon fasse ?

"Je l'ignore. De toute façon, quelque chose a dit au nazi, voyons voir ... il n'y a pas de communistes parmi les hommes de votre peloton?

Adams sourit.

"Non, il n'y en a pas...

« Bien. Et les Juifs, y en a-t-il ?

"Non, je ne pense pas non plus...

"Sûr?

« Mes ! Je ne suis pas tout à fait sûr, mais non, je ne pense pas. Apparemment, vous avez essayé de me faire croire que Justin est prêt à se vendre à ses coéquipiers.

Le visage de Marcel s'assombrit.

"Ecoute, Adams" dit-il " : tu ferais mieux de savoir, maintenant, depuis le début, que ce domaine est divisé en deux groupes. Un très grand, celui des idiots rêveurs, celui des gars qui sont nés pour être des moutons et qui se laissent emporter comme tels.

« Et l'autre groupe ?

« Il est plus petit, mais il est composé d'hommes prêts à protéger les intérêts des prisonniers... en attendant des temps meilleurs.

« Et vous êtes l'un des seconds ?

"Oui.

"Communiste?

"Oui.

Shaw haussa les épaules.

"Je ne me suis jamais intéressé à la politique", a-t-il déclaré. Je suis, juste pour que vous le sachiez, un militaire professionnel, d'une certaine manière.

"Ce n'est pas grave. Je vais te dire quelque chose, Shaw: je t'aime bien. Je sais que tu es un gars volontaire et bien qu'il soit maintenant trop tôt pour te dire certaines choses, il y a quelque chose qui peut t'intéresser.. plus tard. Mais continuons à parler de ce type dans votre peloton. Je veux que vous le regardiez. Ne lui faites pas confiance, et si vous savez qu'il y a un juif parmi vos hommes, dites-lui de partir, il y a une caserne au retour, vide. Ils y moururent, dès leur arrivée, une soixantaine d'hommes avec le typhus. Les Allemands enlevèrent les cadavres et les brûlèrent, mais ils ne touchèrent pas à la caserne et aucun d'eux n'osa y entrer à nouveau.

« Je pense que vous exagérez ; mais en tout cas merci beaucoup pour tes conseils.

« Non, ne pars pas encore. Demain ils demanderont à nouveau des volontaires pour le travail...

"Et bien?

"Présentez-vous.

"Hé?

Marcel sourit.

« Nous allons également nous présenter. Nous avons étudié le cas et je pense que nous devrions le faire.

« Mais ne vous rendez-vous pas compte que les Allemands n'ont pas le droit de nous faire travailler ?

« Arrête de faire l'imbécile, Adams. Vous ne connaissez pas le chef du Camp. Aujourd'hui, il ne nous a pas donné plus de la moitié d'un ranch. Combien de temps pensez-vous que cela nous laissera sans nourriture si aucun volontaire ne se présente ? Que les idiots meurent de faim ! Nous avons besoin d'énergie... juste au cas où.

Adams fixa l'orateur.

"Il semble que" a dit "- que vous ayez des plans concrets. Et j'aime ça... Si vous pensez qu'ils peuvent être mieux faits si nous travaillons, je dirai aux garçons de se porter volontaires, tant que vous le faites aussi.

« Nous donnerons le ton demain.

"Alors ok.

Adams était sur le point de se lever lorsque la porte s'ouvrit, laissant la place à Horace Colton, immensément pâle, qui regarda de haut en bas, puis s'avança vers le sergent dès qu'il l'aperçut.

« Est-ce que quelque chose ne va pas, Horace ? Shaw a demandé, plein d'inquiétude sincère.

« Ils ont pris Peter, monsieur ! Ils l'ont pris ! Et j'ai compris qu'ils le traitaient en juif...

Marcel regarda Adams d'un air triomphant.

"Je ne te l'ai pas dit ?" s'enquit-il.

"Ce n'est pas possible ! Mais si ce fils de pute...

Et il fit un geste vers la sortie. Rapide comme léger, Marcel l'attrapa par le bras.

"Non, attends", dit-il. Vous allez faire une terrible erreur. C'est précisément ce que les Allemands attendent... N'oubliez pas qu'ils le protègent et qu'il ne doit rien arriver au vif d'or dans votre caserne. Viens... je vais te donner quelque chose.

Il le porta au fond de la hutte en fouillant sous la paille humide. Il sortit un emballage, puis vérifia que l'édenté ronflait bruyamment à côté d'eux.

« Mettez quelques-unes de ces poudres sur le ranch de ce type. Et ne lui dites rien, ne lui faites pas peur... On s'occupera de lui.

Adams prit le papier, puis regarda Marcel d'un air interrogateur.

"Poison?

"Non" rigola le Français " : jalapa. Les latrines sont à l'arrière et ce cochon devra y aller, ce soir, pour déloger les tripes. Ne dis rien à personne. Tes hommes se méfient-ils de Justin ?

"Je ne pense pas.

Mieux que mieux. Aller...

Adams le regarda avec angoisse.

« Et l'autre ? Que vont-ils faire à Fells ?

« Tu veux dire le juif ?

"Oui.

« Vous le verrez ce soir. Ils vont nous inviter au spectacle... ils sont très gentils.

"Mais...

« Oui, n'espère plus. Il aurait mieux valu qu'ils le tuent au front.

Le front de Shaw était en sueur lorsqu'il a quitté la caserne.

Ils ont distribué le premier ranch au coucher du soleil. Il n'avait jamais passé d'heures aussi horribles que celles-là, et quand les prisonniers entrèrent dans la caserne en portant les chaudrons, la main d'Adams dans sa poche avec le paquet que Marcel lui avait donné trembla, serrée fermement entre ses doigts.

Il avait évité de regarder la paille où gisait Justin, assisté d'Ed Cooper, qui avait lavé les blessures sur son visage et avait placé un mouchoir humide sur l'œil au beurre noir de son compagnon.

Comment était-il possible que ce garçon, un enfant, ait pu dénoncer Fells ?

Il frissonna.

Ils se partagèrent le ranch et il fit un geste, indiquant aux autres qu'il serait celui qui le prendrait pour toute l'escouade. Leurs assiettes leur avaient été enlevées lorsqu'ils avaient été faits prisonniers, mais il y avait suffisamment de bocaux vides dans la caserne pour tous, et Shaw et ses garçons en avaient préparé un pour chacun à leur arrivée.

Profitant du fait que ses soldats ne le regardaient pas, Adams versa la moitié de la poudre dans le pot qui appartenait au jeune Selby, mais il ne put s'empêcher d'avoir une sensation lancinante en le faisant, bien qu'il pût éviter le pire après tout s'il pouvait s'en assurer. L'innocence de Justin.

Il a remis le bateau à Horace.

"C'est chez Selby" dit-il. Donne le lui.

Puis il s'assit dans un coin.

« Si Marcel n'a pas raison, pensa-t-il, il sortira avec Justin chaque fois qu'il ira aux latrines... »

Dans quel monde horrible s'était-il retrouvé ?

Il avait même oublié ses propres problèmes et se trouvait, moralement comme matériellement, à de nombreux kilomètres de Londres. L'image de Deborah lui traversa l'esprit un instant, mais il la repoussa, tandis qu'un insecte insistant et agaçant s'enfuyait.

Mais et si Marcel avait raison ?

Il tourna la tête, fixant l'endroit où Horace nourrissait Justin, comme s'il était un enfant.

« Nous venons d'être faits prisonniers » se dit-il « : nous ne sommes là qu'un jour, et la haine, la vengeance, la mort, sont déjà présentées comme des personnages importants dans cette tragédie. N'avons-nous pas assez souffert ? nous attendent ? Suffit-il qu'un groupe d'hommes se réunisse pour que la bête se manifeste aussitôt... ? »

La sirène retentit alors.

Les hommes se regardèrent et certains commencèrent à protester, car ils n'avaient pas fini le slop que contenait leurs bateaux. Quelques instants plus tard, un soldat se penchait à la porte, criant :

« Rauss !

"Allez! " Quelqu'un a dit. " Peut-être qu'ils nous donneront des cigarettes et une tasse de café avec du cognac ...

Ils sont tous sortis. Horace et Ed ont aidé Justin, qui se débattait. Les hommes du camp se rassemblaient à l'extérieur, et lorsqu'ils furent en ligne, le sergent Klossen les conduisit dans la première cour, à côté de la porte qui menait à la section de la caserne allemande.

Peter Fells était là.

Deux soldats allemands l'ont encadré, fusils à la main. Les projecteurs jetaient une lumière crue sur le terrain, allongeant considérablement les ombres, qui étaient peintes de manière grotesque sur le sol sablonneux.

Adams regarda le jeune homme et vit qu'il était torse nu et sa tête baissée. Une de ses mains reposait sur le manche d'une pioche. Fronçant les sourcils, le sergent s'aligna avec les autres, au garde-à-vous.

L'Oberleutnant Slassen apparaît peu après, se tournant vers les prisonniers. Un sourire cynique écartait légèrement ses lèvres. L'interprète marchait à côté de lui.

"Je suis content", dit Heinrich, parlant lentement et laissant l'interprète traduire ses phrases "de pouvoir vous donner l'occasion de voir le traitement que le national-socialisme réserve aux chiens juifs. Parce que cet homme, à qui nous avons enlevé le uniforme qu'il ne méritait pas de porter, s'est battu contre l'Allemagne, pas comme vous, mais en espérant nous offenser par sa présence immonde...

« Vous ne pouvez pas comprendre tout ce que nous avons dû endurer pour nous débarrasser de cette sale race. Ils empestaient les rues des villes allemandes quand des gars comme ça pouvaient se déplacer à leur guise, faisant des affaires fabuleuses quand le peuple allemand était dans le besoin, sous la misère qui nous avait été imposée avec le "dictak" de Versailles...

« Eux, les Juifs, s'entraidaient, s'occupant de tout, se foutant de la misère et de la faim que nous souffrions. Certains de ces cochons ont osé toucher nos femmes, sœurs et copines avec leurs mains impures, profitant de leur richesse.. .

Mais l'Allemagne s'est réveillée et est maintenant prête à anéantir tout ce qui sent les juifs ! Ils ne sont même pas dignes de nos camps de prisonniers ! C'est pourquoi je veux que vous voyiez comment je prends soin d'empêcher cette race immonde de se mêler à des gens qu'elle souille et corrompt.

Il se tourna avec colère vers le soldat :

« Commencez à creuser, juif !

Klossen s'approcha de Peter d'un air menaçant, tenant à la main une massue du genre habituellement portée par les Gardiens.

Fells a commencé à creuser.

Une tranchée d'environ six pieds de long sur demi-largeur avait été marquée à la craie. Il ramassa la terre jusqu'à ce que le bord soit à hauteur de poitrine.

Puis ils l'ont fait monter.

La décharge de la mitraillette d'un des gardes a surpris tout le monde. Comme poussé par une main invisible, Peter Fells se redressa, puis s'enfonça dans les profondeurs de sa propre tombe, ce qu'il avait fait quelques instants auparavant.

« À la caserne ! Rauss ! crièrent les gardes.

Ed et Horace devaient porter Justin.

Il s'était évanoui.

Je dois avoir de la fièvre... pensa Adams.

Il était allongé sur la paille, enveloppé dans une de ces fines couvertures de coton qu'on leur avait distribuées et qui sentait l'acide phénique, avec laquelle on les désinfectait probablement.

Il frémit à chaque instant, mais la fièvre « et il le savait parfaitement » n'était rien de plus qu'un mensonge destiné à tromper sa propre conscience, horrifié non seulement par ce qu'il avait vu au début de la nuit, mais par cette veille qui imposait lui-même, conscient de tous les sons qui lui venaient de l'endroit où était couché Justin Selby. « Comment est-ce possible ? » " s'est-il demandé.

Elle avait écouté Justin, se déplaçant nerveusement d'un côté à l'autre sur son lit de paille. Elle l'entendit aussi soupirer profondément et imagina facilement la torture que ce pauvre garçon devait subir.

"Pauvre homme?" "La voix en colère de sa conscience s'est élevée." Et Pierre ? Il est mort de façon indigne, ignorant même qu'il avait été dénoncé... qu'un collègue, presque un frère, l'avait dénoncé... »

Cela le dégoûtait d'avoir à penser ainsi et maintenant il se souvenait des paroles de Marcel, lorsqu'il parlait du juif : « Il aurait mieux valu qu'il soit mort d'une balle, devant... ». Comme il avait raison ! On a vu que le Français avait une expérience qui lui a permis de connaître la vérité, d'avoir l'intuition d'une trahison là où Adams ne l'aurait jamais découvert.

Elle entendit Justin s'asseoir, se plaindre.

Alors la voix d'Horace lui parvint.

« Tu te sens mal, Selby ?

« Un peu... je crois que je vais aux latrines. J'ai très mal au ventre...

"Je vais t'accompagner. Tu te tiens à peine debout.

Incapable de se contenir, Shaw s'assit, fixant Colton.

« Laissez-moi partir seul, Horace ! Il "beugla". Ne savez-vous pas que les Allemands ne veulent pas voir deux prisonniers ensemble ?

Un sourire triste apparut sur les lèvres de Selby.

– Le sergent a raison, Horace. Merci quand même. J'irai seul.

« Mais vous pouvez à peine vous tenir debout !

"Je me débrouillerai.

Ed Cooper s'était réveillé et avait regardé, les yeux écarquillés mais endormi, autour de lui.

« Quelque chose ne va pas ? » je demande.

— Non, répondit Horace.

Justin marchait lentement vers la sortie du dortoir. Le suivant du regard, Adams ne put s'empêcher de frissonner à nouveau. Assis sur la paille, Cooper soupira.

« Il n'y a rien à faire ! » a-t-il dit. Je ne peux pas dormir... Putains de salauds ! Pauvres Fells !

« Espèces de coquins ! Horace a confirmé.

"Tais-toi ! " rugit le sergent. " Ne le remue plus ! Il est mort et nous ne pouvons rien pour lui... D'ailleurs " le ton de sa voix s'est quelque peu adouci. pour vous dire quelque chose. Demain, ils demanderont à nouveau des volontaires. Je veux que nous nous présentions.

"Hé?" Cooper a été surpris ». Des volontaires pour travailler avec ces tueurs ? Êtes-vous devenu fou, monsieur ?

« Ne dis pas de bêtises ! Ils ont tué Pierre, c'est vrai... mais quelqu'un l'a dénoncé.

Les yeux d'Horace s'écarquillèrent.

"Reportage...?" s'enquit-il, incapable de croire ce qu'il venait d'entendre. « Qui aurait pu le faire, sergent ?

Shaw fit un geste vers la porte du dortoir.

"C'était Justin," dit-il, sa voix étouffée.

Ils le regardèrent, choqués et horrifiés à la fois. Sam Blue s'était réveillé et avait entendu les derniers mots de ses compagnons et du sergent.

« C'est impossible ! protesta-t-il avec véhémence.

"C'est vrai" répondit Adams. Justin voulait retourner en Angleterre et, il se trompait beaucoup, croyait que les Allemands se présenteraient à Londres comme ils l'ont fait à Paris.

« Et les coups, c'était grâce ? demanda Horace.

« Ils l'ont fait pour ne pas éveiller les soupçons des autres prisonniers.

"Je ne peux pas y croire," assura Ed.

Qui savait que Pierre était juif ? demanda alors Sam. Je ne savais pas.

"Moi non plus", a déclaré Cooper.

"Moi non plus" intervint le sergent. Mais Justin doit savoir. Peter avait plus confiance en lui qu'en nous tous.

"C'est vrai..." songea Sam.

"Non," répondit Ed. J'ai lu que les nazis savent découvrir les Juifs de la même manière qu'on découvre un Noir... Ils les sentent de loin !

"C'est absurde", a répondu Shaw. Ce sera dans les cas où la physionomie des Juifs est fidèlement dépeinte ; mais, dans le cas de Peter, ils ne l'auraient jamais découvert. Fells devait appartenir à une famille très métissée pour notre race.

Ils restèrent longtemps silencieux ; puis Horace dit :

« Cela prend beaucoup de temps. Je vais voir s'il lui est arrivé quelque chose. Il est si faible et il est si petit...

"Toujours ! rugit le sergent.

"Mais...

« Ne bouge pas d'ici » soupira-t-il alors en baissant les yeux. Il y a quelque chose que je ne peux pas vous expliquer maintenant, mais que je vous dirai demain. Allez, tout le monde dort.

Elle se blottit dans la couverture sordide et se remit à frissonner.

Il se sentait infiniment fatigué, comme s'il venait de parcourir une route sans fin, à travers un paysage sombre et cruel. C'était la première fois de sa vie qu'il agissait vraiment mal, car s'écouter aurait empêché Justin de sortir de la caserne. C'était lui qui l'avait poussé dans l'obscurité des latrines.

La voix de Marcel résonnait à ses oreilles.

Ne vous inquiétez pas, Adams. Mes garçons s'occuperont de lui. Il ne vous reste plus qu'à ajouter ces poudres à leur alimentation... »

Il frissonna à nouveau.

"J'ai de la fièvre..." " pensa-t-il.

CHAPITRE V

Le 10 juin 1940, la situation sur le front français est évidemment chaotique. Les avant-gardes allemandes occupaient un vaste territoire qui s'étendait de Dieppe, le long de l'Atlantique, à Montmedi, à la frontière belge. De fortes colonnes motorisées allemandes avancent rapidement vers Rouen. Un autre a réussi à traverser Beauvais et fonce, à toute allure, vers le confluent de la Seine et de l'Oise, déjà à quelques kilomètres de Paris. Sur l'aile gauche de l'avancée allemande, les chars combattent autour de Soissons et plus à l'est, Reims frémit déjà au passage des chars d'assaut du IIIe Reich.

Les Français appelaient leur guerre, qui n'était au fond qu'une bataille de quarante jours, avec un adjectif spécial : "drôle". Le sens de ce mot en offre bien d'autres et on peut dire qu'il serait traduit par "drôle", "ridicule", "étrange" et quelques autres sens plus. La réalité était qu'il n'y avait qu'une résistance partielle à l'avance allemande et que très vite, depuis l'effondrement de la Belgique, la défaite alliée était précipitée et il n'y avait plus rien à faire.

Il restait deux jours pour que la catastrophe finale se produise.

Mais ce matin-là du 10 juin, un homme du nom de Paul Sermaint, la quarantaine, partait entièrement seul dans une voiture, se dirigeant de Paris vers la ville d'Orléans. Si les idées de ce curieux personnage avaient été analysées, on aurait vu que la défaite de son pays, qui était déjà clairement définie, ne comptait pas exagérément pour lui. Des problèmes plus sombres et des problèmes beaucoup plus larges pour lui l'inquiétaient à ce moment-là. C'est pourquoi, sitôt arrivé à Orléans, il se rendit dans une des casernes où se trouvaient encore des soldats qui n'étaient pas montés au front. C'était une unité de quartier-maître dans laquelle il trouva bientôt l'homme qu'il cherchait. Marcel Santais.

Cela ne lui coûta pas non plus cher d'obtenir une autorisation du chef de la compagnie à laquelle appartenait le colosse et, une demi-heure après son arrivée dans la ville, ils partirent tous les deux en voiture, sans s'ouvrir les lèvres jusqu'à ce qu'ils se rencontrent sur le route qu'il conduisait. vers le sud, en direction de Poitiers.

"J'aurais aimé en trouver d'autres", dit Paul en jetant un coup d'œil à son partenaire, mais en regardant la route en même temps. " Mais cela n'a pas été possible. Vous devrez le faire vous-même.

"De quoi s'agit-il?

Sermaint ne répondit pas, pour le moment.

La route était pleine de véhicules de réfugiés fuyant rapidement Paris. Il avait dépassé le formidable torrent de gens qui, même de Belgique, traversaient la France en ces jours d'ahurissement et de terreur. Mais lorsqu'ils apprirent que les Allemands approchaient de la capitale française, des centaines de personnes sortirent de chez elles, n'emportant que le nécessaire et formant ces très longues caravanes que la police militaire tentait de canaliser, afin qu'elles laissent la place aux camions de l'armée qui montaient à Paris. .

Mais Paul, qui se taisait encore, montra plus tard qu'il connaissait parfaitement le pays, puisqu'il emprunta une route secondaire et qu'il put appuyer sur l'accélérateur, se moquant bien d'avoir à parcourir une plus grande distance, car il savait qu'il atteindrait Poitiers bien plus tôt que s'il suivait la foule. imposant des personnes qui ont fui et dont les véhicules ont presque complètement fermé la route.

Quand il a pu normaliser la voiture, il a continué à parler :

« C'est quelque chose de très important, camarade. Je dois rentrer à Paris dès que possible, mais je vais vous déposer près de l'endroit où vous devrez effectuer votre travail dès que possible.

« J'espère que vous m'expliquerez de quoi il s'agit.

"Oui. Je vais vous le dire. Il y a près de Poitiers, dans une mine abandonnée, une maison idéale où l'armée a établi un dépôt, il y a de nombreux mois. Des armes, des munitions et des grenades en quantités incalculables. Un vrai trésor.

"Bien sûr.

« La plupart des hommes qui ont déplacé tout cela vers la mine abandonnée sont au front. Certains auront été prisonniers et d'autres seront morts. De toute façon, il est presque certain qu'ils ont oublié le travail qu'ils ont accompli pendant toute cette période de temps qui s'est écoulée depuis notre déclaration de guerre jusqu'à l'offensive allemande. Bien sûr, il y a maintenant une petite garnison qui garde l'entrepôt.

"Combien de?

« Cinq hommes et un sergent nommé Courmont. J'ai essayé d'analyser de quel type il s'agissait, mais les rapports que j'ai reçus n'ont pas du tout été satisfaisants.

"Que veux-tu dire?

— Qu'il est, pour ce Courmont, un vieux militaire. Il a même parlé de faire sauter le dépôt, s'il reçoit l'ordre de le remettre à l'ennemi.

" Comme c'est drôle!

« Et nous ne pouvons pas permettre cela, Marcel. Nous vivons des moments vraiment importants. Vous savez déjà que je veux mener à bien l'organisation d'un groupe de résistance et que ces armes peuvent nous être précieuses. Par conséquent, nous devons les saisir, quoi qu'il en soit.

« Vous n'envisagez pas de les sortir de l'entrepôt, n'est-ce pas ?

« Je ne suis pas assez fou pour ça. Ce que je veux, c'est que vous finissiez ce petit plat d'accompagnement. J'ai pensé à toi et j'étais content que tu ne sois pas encore venu au front. Je n'ai pas pu oublier que vous étiez l'instructeur des destructions et des coups de main dans notre cellule.

Marcel Santais sourit.

« Merci beaucoup », a-t-il dit plus tard. Ne vous inquiétez pas, Paul. Je gererais.

« Tu ne penses pas que je vais te laisser partir les mains nues, n'est-ce pas ?

"Bien sûr.

« À l'arrière de la valise de la voiture, il y a des armes et des explosifs pour que vous puissiez bien faire votre travail. L'endroit où se trouve cette ancienne mine abandonnée est idéal pour une attaque. Il y a une petite gare en face, qui n'est utilisée par personne. La voie ferrée est recouverte de terre et les trains n'existent plus depuis des lustres.

« Comment ont-ils transporté les munitions alors ?

« Avec des camions. Écoutez, nous sommes proches...

Le paysage offrait en effet des caractéristiques désertiques. Une série de collines dénudées formaient un petit noyau montagneux et il ne fallut pas longtemps, en suivant la route, pour découvrir l'ancienne voie ferrée abandonnée et inutile qui s'enfonçait dans ces collines. Sermaint a arrêté le véhicule et est sorti, suivi de son partenaire.

« Il est là », dit-il en désignant le virage que dessinait la voie ferrée. Nous ne devrions pas nous rapprocher maintenant.

"Se mettre d'accord.

Puis ils sont retournés à l'arrière de la voiture et Paul a ouvert la valise, en sortant une mitraillette et des bâtons de dynamite, ainsi que des bombes à main. Ils placèrent le petit arsenal près du caniveau puis Sermaint, fixant son compagnon, dit :

« Les bâtons de dynamite sont pour vous de faire sauter l'entrée. Je vous ai apporté un petit plan pour que vous sachiez où vous devez placer les charges. Une grande masse terrestre tombera et tout sera caché.

« Est-ce que ces gars-là sont à l'intérieur de la mine ?

"Non" sourit l'autre. Je te l'aurais dit avant. Je vois que tu as eu une super idée, non ?

Marcel sourit aussi.

« Ça n'aurait pas été mal de faire sauter l'entrée et de les laisser à l'intérieur. Après tout, ils doivent mourir...

« Mais ce n'est pas possible de le faire. Ils ont construit une petite caserne à l'entrée. Dès qu'il fait noir, vous pouvez monter et les tuer. Le reste sera facile.

"Compris.

« Quand tu auras fini, tu pourras retourner à Paris. Vous savez où vous pouvez me trouver.

« Très bien, camarade Sermaint.

"Bonne chance à toi.

"Merci.

Quelques instants plus tard, Paul Sermaint est monté dans sa voiture et l'a fait demi-tour, s'éloignant sur la route poussiéreuse.

Marcel Santais est resté seul.

Allumant nerveusement une cigarette, le sergent Courmont se tourna vers Pierre à ses côtés.

"C'est nul d'entendre la radio", a-t-il déclaré.

"Bien sûr. C'est pourquoi je l'ai fermé. Aussi" ajouta le soldat en fronçant les sourcils, "je ne peux pas m'empêcher de penser au mien.

« Ils habitent à Paris, non ? », a demandé le sergent.

"Oui monsieur. Et ils sont seuls. Ma femme, mes deux enfants et ma vieille mère...

« Espérons que les Allemands n'entrent pas dans Paris.

— C'est une illusion, monsieur. Putain de guerre !

"Je n'aurais jamais cru que les choses allaient si mal pour nous", a poursuivi Courmont, comme s'il se parlait à lui-même. C'est une honte qu'ils nous aient vaincus de cette façon.

"Je voulais demander quelque chose" dit le soldat en regardant son supérieur.

"De quoi s'agit-il?

« Ne pourriez-vous pas me donner un permis, dans quelques jours ? J'irais à Paris et j'y retournerais immédiatement. Comprenez mon impatience, sergent...

Courmont hocha la tête.

« Je vais te le donner, mon garçon. J'espère juste qu'ils nous diront quelque chose sur ce dépôt de munitions. Si nous devons le faire exploser, nous le ferons et nous irons. Je mourrais de honte s'ils nous forçaient à le remettre aux nazis.

« Pensez-vous qu'ils commanderaient une telle chose ?

« Tout le monde sait !

Le reste du peloton était à l'intérieur de la deuxième pièce qui abritait la caserne. Pierre, qui avait été le premier de quart, resta avec le sergent, car il avait à peine pu dormir depuis quelques nuits.

Il était profondément inquiet.

Il ne pouvait pas comprendre, peu importe combien il y pensait, comment ils n'avaient pas utilisé ce formidable arsenal dans la mine abandonnée. Il avait entendu à la radio que les chefs français se plaignaient du manque de matériel, et pourtant il y avait là des munitions et des armes pour près d'une division. Il ne pouvait avoir le moindre doute que la trahison avait niché, depuis avant la guerre, parmi le haut commandement à qui la défense de la patrie avait été confiée.

Et cela le rendait fou.

Cent pour cent français, Courmont a désavoué en silence lorsqu'il a été chargé de garder le dépôt. Il aurait voulu aller au front, combattre l'ennemi, comme beaucoup d'autres l'avaient fait. Mais, en même temps, homme discipliné et obéissant, il étouffait son envie de se battre et serrait les dents, mais toujours en attente du moment où il serait appelé à aller se battre.

La nuit était tombée complètement sur les collines nues, les recouvrant d'une obscurité intense. Courmont et ses hommes s'étaient habitués au silence impressionnant qui régnait dans la région éloignée de l'emplacement de la mine. Et sans la fatigue des gardes, ils seraient restés, comme au mois de mai, allongés dehors, sur la fine couche d'herbe à côté de la voie ferrée, dormant sous le brillant tapis des étoiles.

Dans ces moments-là, ils ne pouvaient pas imaginer qu'un homme s'avançait, chargé de haine, vers la caserne. Ils étaient tellement sûrs qu'ils ne seraient dérangés par personne dans ce lieu isolé que la garde en était réduite, en réalité, à un séjour à l'intérieur de la caserne, une manière d'accomplir en quelque sorte la discipline militaire, mais sans grand enthousiasme.

Qui pourrait se perdre dans ces lieux sauvages et abandonnés ?

Marcel Santais avançait lentement vers la mine. Laissant de côté la caserne, dont la fenêtre éclairée lui montrait que quelqu'un était éveillé, il se dirigea vers l'entrée du dépôt de munitions et y prit les bâtons de dynamite que son collègue Sermaint lui avait donnés. L'obscurité était suffisamment intense pour qu'il ne puisse pas, pour le moment, discerner la forme précise de l'entrée de la mine. Mais cela lui importait peu. Il prévoyait de se faire exploser dès l'aube, mais il devait d'abord faire le travail principal : éliminer la fichue garnison qui avait dû être tuée de force afin que personne ne sache ce qui s'y cachait.

Il ne regrettait pas d'avoir à tuer des compatriotes.

La discipline de parti était devenue pour lui une seconde nature et il considérait que les obstacles au progrès de l'organisation devaient être levés, de quelque manière que ce soit, sans s'arrêter pour penser aux conséquences personnelles pour ceux qui tomberaient. dans la lutte silencieuse pour un pouvoir qui, avec la victoire allemande, semblait plus lointain que jamais.

Se déplaçant dans un silence complet, il s'approcha de la porte de la caserne et s'y accrocha, écoutant une partie de la conversation que le sergent et Pierre avaient à ce moment-là. Un sourire féroce apparut sur ses lèvres lorsqu'il se rendit compte qu'ils étaient complètement inconscients du danger qui pesait sur eux. Il était facile de comprendre que ces hommes, ennuyés par le long séjour dans cet endroit reculé, étaient parfaitement sûrs que personne n'y paraissait. Et cela allait faciliter les plans sinistres de Santais d'une certaine manière.

Sa main droite effleura légèrement la poignée de la porte, vérifiant, dans un mouvement délicat et subtil, qu'elle n'était pas complètement fermée. Puis, brandissant durement la mitraillette, il donna à la porte un formidable coup de pied, qui s'ouvrit. Il était habitué à cette façon d'agir et ne laissait pas au sergent et à l'homme qui lui parlait le moins de temps pour réagir.

La mitraillette lui sauta dans les mains à la sortie des projectiles et il constata tout de suite qu'il n'avait pas perdu la visée, puisque les deux hommes qui se tournaient vers lui, plus surpris qu'effrayés, gisaient à terre, saignant de leurs blessures. que les balles avaient produit.

Quelqu'un cria derrière la porte au fond de la pièce et Santais s'avança, à toute vitesse, frappant à nouveau de la même manière qu'il l'avait fait avec la porte d'entrée. Quatre hommes étaient là, se précipitant sur leurs pieds, les yeux encore mi-clos de sommeil.

Il a encore tiré.

Les soldats français tombèrent en se tordant, incapables de faire quoi que ce soit pour empêcher cette mort si inattendue. Voyant que l'un d'eux était encore en vie, Marcel s'approcha de lui et, de tout son sang froid, plaça le canon de la mitraillette à moins de quatre pouces du visage de ce malheureux. Puis il a appuyé sur la gâchette et a ensuite dû se retirer pour que la masse cérébrale de l'homme ne lui éclabousse pas le visage.

Tout était fini.

En pensant aux instructions précises que lui avait données le camarade Sermaint, il trouva des bidons d'essence et mit le feu à la caserne, avec les cadavres à l'intérieur. Le mieux, c'est qu'il n'y avait aucune trace apparente d'une garnison là-bas, ce qui pouvait faire penser aux Allemands à l'existence du dépôt de munitions et d'armes. Puis, vérifiant que la lumière du feu éclairait largement l'entrée de la mine abandonnée, il sortit de sa poche la carte que Paul lui avait donnée et plaça les charges aux endroits que Paul lui avait indiqués. Plusieurs tonnes de terre allaient tomber, bloquant l'embouchure de la mine et cachant ainsi, jusqu'au moment précis, un trésor qui pourrait se traduire par une nouvelle victoire, lorsque les forces de résistance seraient convenablement organisées.

Bien plus tôt qu'il ne l'avait imaginé, grâce à la luminosité fournie par l'incendie, Marcel Santais fit sauter les charges de dynamite et remonta la route, en route vers la route qui allait le conduire, plus tard, en n'importe quel point d'où il pourrait déménager à Paris.

Mais les choses n'étaient pas aussi comme il le pensait.

Dès qu'il est entré dans la capitale française, huit heures plus tard, il a été arrêté par une patrouille allemande qui l'a désarmé et sans pouvoir atteindre le domicile de Sermaint, ils l'ont conduit dans des camions où, avec des centaines d'autres prisonniers, ils l'ont emmené vers le nord. , le faisant pénétrer en territoire allemand pour se retrouver derrière les barbelés du Stalag XXIII.

L'usine de fonderie dirigée par Funker était située à une dizaine de kilomètres au nord du camp de prisonniers.

La Mercedes de l'Oberleutnant Heinrich Slassen s'arrêta devant la porte d'entrée et le chauffeur se précipita hors de son siège, ouvrant la porte à son supérieur. Il monta les marches et entra dans le grand hall, où la secrétaire de Funker l'attendait déjà. Les deux hommes se sont serré la main, puis se sont dirigés vers le bureau de Funker, où la secrétaire a laissé le militaire.

Funker était un homme grand et mince dans la cinquantaine. Les cheveux blonds qui couvraient autrefois son crâne avaient presque complètement disparu et le cuir chevelu brûlé par le soleil brillait de mille feux. Il avait un front large, qui semblait beaucoup plus large avec la calvitie, et des yeux bleus, profondément enfoncés dans des orbites sombres qui lui donnaient un certain aspect cadavérique. Il était convenablement vêtu et se leva de son bureau pour rencontrer l'Oberleutnant, dont il serrait fermement la main.

« Je t'attendais, dit-il. Asseyez-vous s'il vous plait. Une cigarette?

« Merci » a accepté l'officier.

Obséquieux, pendant que Heinrich fumait gloutonnement la cigarette turque qu'il lui avait offerte, Funker se dirigea vers un meuble de bar et prépara deux verres de vrai cognac français. Il a placé l'un d'eux le long du bord de la table, à côté de l'endroit où était assis l'officier, puis, prenant l'autre à deux mains, il l'a fait tourner, chauffant le liquide ambré en allant s'asseoir de l'autre côté de l'immense table. Bureau.

"L'AS tu déjà fait? demanda-t-il d'une voix mielleuse.

"Bien sûr, monsieur," mentit l'officier. J'ai d'abord fait un petit essai, en demandant des volontaires, pour voir le résultat que j'ai obtenu en traitant ces porcs comme s'ils ne le méritaient pas. Naturellement, personne ne s'est présenté. Mais cela s'explique facilement. Ils sont prisonniers depuis très peu de temps et ne se sont pas encore habitués aux devoirs qu'ils ont envers le pays qui les a capturés.

Funker fronça les sourcils.

« J'ai besoin de toi, Oberleutnant. Vous verrez par vous-même, dans quelques instants, ma situation actuelle dans la salle de fonderie. Mes équipes d'ouvriers sont restées en cadres, car beaucoup sont allés au front. De plus, pour parler franchement, je préfère que les travaux dangereux soient effectués par ces prisonniers et préservent, à tout prix, la santé et l'intégrité physique de nos travailleurs allemands. Vous n'êtes pas d'accord avec moi sur cette disposition ?

"Bien sur monsieur. Ce qui arrive à ces cochons m'inquiète peu.

Funker a souri.

« Venez avec moi maintenant, lieutenant. Je vais t'apprendre quelque chose d'amusant.

Ils quittèrent le bureau et continuèrent dans un long couloir qui menait à une sorte de belvédère, entièrement recouvert de verre. De là, aux pieds des observateurs, on apercevait une très grande salle dont un côté était entièrement occupé par les hauts fourneaux. La chaleur devait être insupportable dans cette pièce, puisque les quelques hommes qui travaillaient étaient en short et avaient le reste du corps nu. Leur dos brillait de sueur et, de temps à autre, une clarté rougeâtre jaillissait du fond des fours, retranchant à l'ensemble un aspect qui rappelait sans doute l'enfer de Dante.

"Ce doit être un travail difficile", a estimé l'Oberleutnant.

"Pas seulement cela", a répondu Funker. Le plus délicat vient quand les fours doivent être "purgés". Bien que l'installation soit assez moderne, nous n'avons pas assez d'équipement pour protéger les hommes et beaucoup d'entre eux souffrent de graves brûlures. Le mauvais côté de tout cela " a-t-il ajouté, après une courte pause ", c'est que nous devons travailler jour et nuit, sans pouvoir l'éviter. Je vous ai déjà dit que bon nombre de mes travailleurs ont rejoint les rangs et se battent actuellement en première ligne. Pour cette raison, ces hommes « et il a pointé vers la pièce » sont presque complètement épuisés.

"Demain, vous aurez autant d'ouvriers qu'il vous faudra, monsieur Funker" assura l'officier. Dès mon arrivée sur le terrain, je constituerai les équipes nécessaires. Quel serait le numéro du premier envoi ?

« Environ deux cents me suffiraient, pour le moment. Naturellement "et il souriait d'un air cynique", si vous me garantissez de couvrir les pertes qui surviennent.

"Bien sûr.

"Alors d'accord. Retournons au bureau.

Une fois qu'ils furent à nouveau assis, après que Funker eut généreusement servi le cognac français qu'il gardait dans son armoire de bar, il s'approcha du lieutenant et, souriant, dit :

— Je te donnerai deux mille marks par semaine, Oberleutnant. Ça à l'air bon?

Slassen s'humecta les lèvres avant de répondre.

"Magnifique, monsieur. Merci beaucoup.

« Je dois vous les donner, lieutenant. Il va me sortir d'une vraie impasse.

« Nous devons tous travailler, à notre manière, pour la marche de l'industrie de guerre dans notre pays.

"De toute évidence. Maintenant, plus que jamais, nous devons redoubler d'efforts et produire autant que nous le pouvons. Si vous lisez les rapports de Berlin, vous frémiriez de voir les exigences qui se trouvent dans chacun d'eux. Je suis sûr que les grands événements sont en préparation et c'est pourquoi ils ont besoin d'une quantité vraiment fabuleuse de matériel.

« La guerre ne fait que commencer », sourit le lieutenant. Je m'attends aussi à de grosses surprises en Europe et, très franchement, celle que j'attends le plus est le débarquement en Angleterre.

« Le jour où nous écraserons Albion, dit Funker, les yeux brillants, nous aurons à notre disposition une industrie lourde presque aussi importante que la nôtre. À ce stade, nous serons pratiquement invincibles.

Slassen se leva.

« Maintenant, avec votre permission, M. Funker, je vais prendre ma retraite. J'ai du travail sur le terrain.

« Parfaitement, mon cher ami. Et si vous avez besoin de quelque chose, n'hésitez pas à venir, avec l'assurance que si c'est à ma portée, je vous le fournirai immédiatement avec le plus grand plaisir.

« Très reconnaissant, monsieur.

"À demain alors.

"À demain.

Quelques instants plus tard, la Mercedes de l'Oberleutnant a quitté l'usine et s'est dirigée vers le terrain.

Souriant, confortablement installé sur la banquette arrière de la voiture, Henrich Slassen a fait des calculs de tout l'argent qu'il allait recevoir au cours des prochains mois. Il espérait en tirer beaucoup plus, cependant, à mesure que les besoins de Funker augmentaient. C'était la fortune, la poule aux œufs d'or que le destin avait mis gracieusement à portée de main.

CHAPITRE VI

En entrant sur le terrain, Slassen s'est immédiatement rendu compte que quelque chose d'étrange se passait.

Alors qu'il sortait de la voiture, le sergent Klossen s'est mis au garde-à-vous avant lui.

"Est-ce que quelque chose ne va pas, Dietrich ? demanda l'officier, incapable de cacher son inquiétude.

— Ils ont tué le garçon qui vous a précédé hier, Herr Oberleutnant, répondit Clossen. Ces porcs l'ont abattu dans les latrines.

Pendant un instant, Henrich fut pris de colère. Mais alors, lentement, la lumière s'est allumée dans son cerveau et il a même fait monter un sourire sur ses lèvres.

"D'accord, Klossen" dit-il. Je vais à mon bureau. Ordonnez à tous les prisonniers de s'aligner de la manière habituelle.

Avant d'atteindre l'immeuble où il habitait, il entendit retentir les sifflets appelant les prisonniers, puis le bruit étouffé des gens qui sortaient de la caserne, de l'autre côté de la deuxième rangée de barbelés. Dans son bureau, il n'a fait que rassembler les listes de tous les confinés dans son Stalag, repartant plus tard pour constater que tous les prisonniers étaient déjà, dans la rue centrale du camp, alignés le long de la caserne.

L'interprète, comme toujours, s'est approché de lui, prêt à prendre ses fonctions. Mais cette fois, Slassen lui fit un geste en disant plus tard :

« Non, je n'ai pas besoin de toi maintenant. Je vais lui parler personnellement.

« Comme vous voudrez, Herr Oberleutnant.

Il parcourut les rangs en premier, fixant les hommes qui ne baissaient jamais les yeux. C'était une attitude de défi, probablement parce qu'ils savaient déjà ou imaginaient qu'ils allaient riposter pour la mort du vif d'or, assassiné cette nuit-là dans les latrines.

« Vous vous trompez, pensa le lieutenant. Mais je vais te montrer comment j'apprivoise la canaille de ta classe... »

Il se positionna à peu près au centre de la formation et élevant la voix, dit :

«Je ne sais absolument rien de ce qui s'est passé la nuit dernière et la vérité est que je m'en fiche non plus. Mais je tiens à vous prévenir qu'il me faudrait très peu pour trouver le coupable. Même si, après tout, je méprise aussi les mouchards et, au fond, je pense que j'aurais fait la même chose que toi, si j'avais été à ta place. Mais laissons ça. Je vais à nouveau solliciter des volontaires pour un travail de grande importance, dans une usine voisine. Ceux qui acceptent auront un traitement général plus élevé que ceux qui restent. Je veux faire un constat avant : je veux des hommes forts, prêts à remplir la tâche qui leur est imposée.

Il s'arrêta.

"Bien sûr que cette demande de volontaires", a-t-il poursuivi, "va être un peu particulière. Mais c'est une surprise pour plus tard. Maintenant, ceux qui souhaitent travailler, avancent.

Il était tout à fait sûr qu'il n'obtiendrait aucun résultat de cette façon. Pour cette raison, il fut le premier surpris de voir une vingtaine d'hommes qui s'avançaient, faisant ce pas en avant et se séparant donc de la ligne générale restée immobile.

Agréablement surpris par cette démonstration d'obstination, il dit :

« Magnifique ! Je vois qu'il y a, parmi ce troupeau de cochons, de vrais hommes qui connaissent leurs responsabilités. Feldwebel Klossen !

Le sergent arriva, au garde-à-vous de l'officier.

" Oui monsieur!

« Prenez soigneusement les noms de tous ces prisonniers et leur nombre. Désormais, ils seront considérés comme nos amis et nous leur confierons des tâches spéciales, faisant d'eux presque tous des contremaîtres. Je sais aussi être reconnaissant. Emmenez-les maintenant dans l'autre partie du champ.

"Oui monsieur.

Les volontaires ont formé une ligne et se sont dirigés derrière le sergent vers le fil de fer barbelé qui séparait le champ en deux parties relativement égales. Parmi eux, bien sûr, outre Marcel et son parti politique, se trouvaient le sergent Shaw et les membres de son peloton. Adams avait réfléchi aux paroles de Marcel et, sans pouvoir les comprendre pleinement, en avait conclu qu'il lui convenait, du moins pour le moment, de suivre les instructions de ce mystérieux Français.

Après que les volontaires eurent disparu derrière les chevaux qui servaient de barrières dans les barbelés, l'Obertleutnant dit :

« Et maintenant, la surprise que je vous avais annoncée il y a quelques instants. Dis-moi, Feldwebel !

Le sergent obéit, s'approchant d'un des rangs et se mit à compter en passant devant les hommes :

"Un deux trois...

Les prisonniers restaient immobiles.

"... Quatre cinq six sept...

Immobile, mais les yeux brillants, le lieutenant observa attentivement l'avancée du sergent.

«... Huit... Neuf... DIX... Toi, sors de la ligne !

Le décompte a été répété, mais alors qu'il y avait déjà cinq hommes à l'extérieur, le lieutenant a crié :

" Grand!

Puis il donna des ordres rapides en allemand et le sergent fit signe, ordonnant à deux des soldats, armés de mitraillettes, de s'approcher de lui. Lorsqu'ils furent à côté du groupe de prisonniers qui avaient été retirés des rangs, le sergent dit :

« En avant, vers le bas !

La large rue délimitée par la caserne se terminait, à l'extrême est du camp, par un haut mur dont l'origine était inexplicable pour les prisonniers. Bientôt les cinq élus étaient à cet endroit et puis oui il n'y avait plus de doute pour ceux qui observaient cela et qui ne pouvaient s'empêcher de frémir de la tête aux pieds.

Les cinq misérables ne se trompaient pas non plus sur les intentions des Allemands. Mais ils restaient, dans la mesure du possible, calmes, se mordant les lèvres durement même si leurs visages avaient pâli d'une manière intense.

« Lève-toi au mur ! Le sergent leur a dit.

Ils ne comprirent pas un seul mot de ce que parlait l'Allemand, mais ce n'était pas nécessaire. Ils obéirent, traînant les pieds, baissant la tête, n'osant pas regarder leurs compagnons qui, de loin, suivaient la scène avec angoisse. Il n'était même pas nécessaire de suivre le processus bien connu des exécutions. Le sergent s'était à peine éloigné du front des deux soldats, que sa voix sonnait comme un coup de fouet :

"Feu!

Des mitraillettes ont aboyé et les hommes sont tombés les uns sur les autres. Un frisson général parcourut les longues files de prisonniers.

Quelques instants plus tard, le Feldwebel s'est affronté devant son supérieur.

« Ordre exécuté, monsieur !

Slassen hocha la tête, puis éleva la voix pour dire :

« Je vais re-demander des volontaires. Mais si vous refusez, je décimerai sérieusement vos rangs. Compris?

Personne ne lui a répondu.

« Ceux qui veulent travailler dans l'usine, font un pas en avant.

Les rangs avançaient à l'unisson. Ils avaient tous obéi, avec un frisson d'horreur, à une cruauté inouïe.

"Cela me plaît plus" dit l'Obertleutnant, souriant et joyeux de la victoire obtenue ". Mais je n'ai pas besoin de vous tous. Le sergent sélectionnera environ deux cents qui se dirigeront vers les camions demain matin à cinq heures pour Il se tourna vers le sergent et ajouta, en allemand : " Choisis le plus fort, Klossen. Puis j'ai ordonné de rompre les rangs.

"Oui monsieur!

Le premier groupe de volontaires avait été confiné dans une caserne, à côté de la deuxième rangée de barbelés, dans un endroit privilégié. Marcel fut le premier surpris de voir qu'ils avaient maintenant des nattes et que l'intérieur de la caserne n'offrait pas le spectacle pitoyable que le reste du terrain offrait. Se tournant vers Adams Shaw, il dit, avec un sourire triomphant sur les lèvres :

« Vous voyez que je n'avais pas tort, mon ami. Content que tu aies suivi mes instructions ?

« Oui. Tu avais raison, Marcel. Tu es dans ce domaine depuis longtemps ?

"Environ trois mois. Mais assez pour avoir plus d'expérience que toi. Je veux te parler, viens au fond de la caserne. On va s'installer sur ces deux nattes...

Adams le suivit et lorsqu'ils furent installés, bien à l'écart du reste des hommes qui, toujours excités par la fusillade qu'ils avaient vue de loin, s'effondrèrent silencieusement sur leurs nattes, Adams sortit un paquet de cigarettes de sa poche et lui tendit un au sergent. Britanique.

"Ce n'est que la première partie du pian", a-t-il déclaré.

"Que veux-tu dire?

« Que tout cela vise à nous sortir d'ici. Vous ne l'avez pas imaginé ?

« Je me doutais de quelque chose, mais pas de tout.

"Vous verrez. Je ne peux pas rester ici, ami Shaw. J'ai un grand devoir dans mon pays et je dois y retourner, quel qu'il soit.

« Pensez-vous que nous y arriverons ?

"Bien sûr. Tu me laisses organiser les choses. Je t'ai déjà dit que depuis que je t'ai vu je t'aimais. Tu es le genre d'homme avec qui on est en sécurité. Peu importe que tu n'aies pas mes idées. Petit à petit peu, en nous regardant travailler, vous deviendrez convaincu que le Parti est la seule chose qui compte. Et maintenant je vais vous dire autre chose :

En France, ils nous attendent. Plus ardemment que vous ne l'imaginez. Car il y en a beaucoup , beaucoup d'hommes qui, à peine sans armes, doivent lutter contre les nazis. Je vais vous expliquer pourquoi...

Il lui raconta, à sa manière, les événements qui avaient précédé sa capture à Paris. Il lui a parlé de ce dépôt colossal d'armes et de munitions puis l'a informé qu'il avait entendu, sur le terrain, que le camarade Paul Sermaint avait été tué au début de l'occupation de Paris. Cela faisait de lui la seule personne qui connaissait l'emplacement du dépôt d'armes et de munitions.

« Tu te rends compte maintenant ? s'enquit-il en fixant son interlocuteur.

"C'est très intéressant", a répondu Shaw.

« Bien sûr que si. Il y a des centaines de camarades qui attendent ces armes. Le dépôt est vraiment fabuleux. Et ne pense pas que quelqu'un va nous aider, du moins pour le moment. Les Anglais sont très occupés, et malheureusement l'Union soviétique est trop loin pour nous aider. C'est pourquoi nous devons montrer que nous sommes capables de déplaire sérieusement à ces chiens nazis.

"Compte sur moi.

« Et avec vos hommes ?

"Aussi. Ce sont tous de bons garçons et habitués à se battre.

« Tout le monde... sauf ce cochon Justin Selby.

Adams Shaw, incapable de s'en empêcher, sentit un goût amer dans sa bouche.

"C'était un pauvre salaud..." osa-t-il dire.

L'autre haussa les épaules.

"C'était un cochon, un vif d'or, le pire qu'un homme puisse être dans cette vie. Savez-vous qui lui a tranché la gorge ?

"Ne pas.

« C'était moi, personnellement. Ces gars-là me dégoûtent !

Mais Shaw se souvenait de Selby différemment. Dans son imaginaire se trouvait l'image de ce pauvre garçon, timide, plein de peur, ayant commis l'erreur de se présenter pour, sûrement, surprendre et être admiré par les garçons du quartier où il habitait. Bien sûr, il avait dénoncé Peter Fells et il avait payé de sa vie la trahison de son partenaire.

Il fixa le Français.

"Tu as bien fait" dit-il. Fells était aussi un excellent garçon.

Marcel lui adressa une tape amicale dans le dos.

« Je vois que tu apprends vite, Shaw. Tu seras mon bras droit. Et vous verrez quand nous pourrons affronter les nazis, face à face. Ensuite, ils paieront pour tout ce qu'ils ont fait. Ce sera une lutte sans merci, une bataille sans merci jusqu'à ce que le monde finisse par se rendre compte qu'il n'y a pas d'autre issue que celle trouvée, après la Première Guerre mondiale, par le peuple de l'Union soviétique.

Avant l'aube du lendemain matin, dix gros camions quittèrent le champ et prirent la route qui menait à l'usine Funker.

Avant de partir, on leur avait donné un petit déjeuner vraiment extraordinaire comparé à l'eau noire et au pain de la même couleur auxquels ils étaient habitués tous les jours. Ils ont même distribué des cigarettes aux prisonniers volontaires et il y avait parmi eux une certaine joie qui n'était entachée que par le souvenir de leurs camarades fusillés la veille.

En arrivant à l'usine, l'interprète, qui accompagnait désormais Feldwebel Klossen, a réparti les équipes et presque tous les prisonniers ont été dirigés vers la salle de la fonderie.

D'autres se sont rendus au terminal ferroviaire pour décharger la ferraille qui devait plus tard être fondue et transformée en métal adapté à la construction d'armes et de machines de guerre.

Marcel et Adams ont été affectés, comme contremaîtres, à la salle de fonderie. Ils ont vite compris le danger de ce métier et surtout l'horrible chaleur qui y régnait. L'usine n'était pas vraiment, un modèle qui pourrait être affiché pour illustrer son genre. C'était un vieux bâtiment qui avait été utilisé à ces fins et qui n'avait rien de comparable aux installations très modernes situées dans d'autres parties de l'Allemagne. Il y avait trois hauts fourneaux modèles classiques et cinq convertisseurs Bassemer modernes, avec leur forme caractéristique en poire et les pivots sur lesquels ils tournaient pour couler le métal en fusion, contrairement aux hauts fourneaux de type classique, dans lesquels il fallait faire la "Saignée" ; c'est-à-dire ouvrir la grille inférieure pour que le métal puisse sortir à l'état liquide.

Le bruit qui dominait complètement la pièce était le passage rugissant de l'air comprimé, dans les convertisseurs Bassemer, pénétrant dans les buses pour produire la bonne oxygénation.

Une fois le matériel distribué, les deux nouveaux contremaîtres ont eu le temps de s'éloigner un peu de la chaleur torride qui s'échappait des fours et des convertisseurs, debout à un bout de la pièce.

« Maintenant, je comprends pourquoi ils avaient besoin de bénévoles », a déclaré Adams, avec un ton triste dans la voix. C'est inhumain !

"Ce n'est pas une merveille de fonderie" répondit le Français en souriant. Mais n'oubliez pas que des ouvriers allemands travaillaient ici.

« Mais sûrement pas dans ces mêmes conditions.

"Bien sûr. De toute façon, ne vous inquiétez pas trop. Ce qui compte, c'est notre plan.

Pour la première fois depuis sa rencontre avec Marcel, Shaw se demanda si elle avait eu tort de rejoindre l'homme. Il commençait à se rendre compte que rien ne comptait pour son partenaire que ses propres desseins. Non, bien sûr qu'il aurait aimé travailler avec d'autres, subir les mêmes sacrifices et les mêmes douleurs. Et il s'aperçut que son poste de contremaître commençait à l'agacer sérieusement.

Mais en même temps, l'idée de Marcel, destiné à gagner la France, le remplit d'une joie irrésistible. Il comprenait tout le bien que cela pouvait faire lorsqu'ils combattaient les Allemands. C'était sans doute le rôle qui lui était destiné. Et se rappelant toutes les souffrances de cette très longue retraite, de la Belgique à Dunkerque, il en vint à la conclusion logique que Marcel Santais avait raison de ne penser qu'à la manière d'arriver, une fois de plus, à prendre les armes.

La première "sangria", réalisée dans l'un des hauts fourneaux, l'impressionne. Il vit que les hommes ouvraient le hublot et qu'un liquide blanc, d'un éclat aveuglant, jaillissait des entrailles du fourneau, sur les récipients qui devaient ensuite être transportés à la main jusqu'aux moules, à l'aide de longues barres de fer pour éviter de toucher les conteneurs qui sont rapidement devenus rouges. L'Anglais regarda avec effroi les hommes qui, écrasés sous le poids, titubaient d'un côté à l'autre, s'exposant au danger de la chute de la fonderie et de les brûler vifs.

C'était un spectacle redoutable, indescriptible, capable de faire trembler les plus braves.

Les convertisseurs Bassemer, en revanche, n'avaient pas besoin d'être « en retrait ». Lorsque ce qui était à l'intérieur avait suffisamment fondu, ils tournaient sur eux-mêmes, grâce à de puissants pivots et à des engrenages compliqués, déversant le métal liquide directement dans les moules. Mais, néanmoins, le travail effectué à grande vitesse, sans seulement quelques secondes de repos, obligeait les hommes à une attention constante, courant d'innombrables dangers au milieu de cette température torride qui laissait le corps sans eau, obligeant les travailleurs à boire constamment.

Pendant une longue semaine, ils ont travaillé, surpris de ne pas être renvoyés sur le terrain. En effet, des ravins avaient été aménagés à côté de l'usine, entourés de soldats allemands et de barbelés, où les hommes tombaient épuisés après avoir travaillé neuf et jusqu'à onze heures d'affilée. Les quarts de travail s'enchaînent et il est à peine possible de dormir, ou presque de manger, tant la fatigue domine tout. Pendant ce temps, Marcel était le seul à ne pas cesser de penser un seul instant à l'élaboration de son audacieux plan.

Cet après-midi-là, en quittant la fonderie, accompagnés de leur équipe de contremaîtres, ils ont la surprise de trouver l'Oberleutnant à l'entrée du petit camp de concentration qui avait été installé à côté de l'usine. Le lieutenant lui sourit, distribuant des cigarettes puis lui offrant quelques bouteilles d'alcool qu'il tendit directement à Marcel.

« Nous sommes très satisfaits du travail de vos hommes », dit-il au Français. Mais je voulais vous prévenir car demain, vers onze heures, un colonel du génie arrivera pour inspecter l'usine. Je veux que nous vous donnions une idée optimiste de l'avancement des travaux et je suis sûr que vous m'aiderez. Ce n'est pas vrai ?

Marcel sourit.

"Bien sur monsieur. Nous sommes prêts à collaborer dans n'importe quoi.

"Je l'aime comme ça. Vous pouvez annoncer à vos hommes que nous distribuerons des cigarettes tous les trois jours et que nous augmenterons la ration de beurre le matin. J'ai aussi essayé d'augmenter la ration de viande. Mais il faut travailler sans relâche. Vous savez, comme moi, que les fours ne peuvent être éteints à aucun moment.

"Oui monsieur.

L'Oberleutnant les congédie puis, déjà dans sa caserne, Marcel rencontre, à part, le sergent britannique.

« Avez-vous entendu ce qu'il a dit ? s'enquit-il, les yeux brillants.

« Tu veux dire à propos de la visite de demain ?

"Oui. C'est l'occasion que nous attendions. Pour quelque chose j'ai donné des instructions à Claude, qui est le contremaître qui est maintenant à l'intérieur de l'usine.

« Quelles instructions ? Shaw a été surpris.

« Tu verras demain, mon ami. Fais-moi confiance. Marcel n'oublie pas, pas un seul instant, ses desseins. Bien sûr, il va falloir agir à grande vitesse.

"Je ne te comprends pas.

« Laissez-le entre mes mains. Maintenant, je vais parler à vos hommes. Ce seront eux, avec Claude, qui sortiront demain pendant que nous recevrons une visite honorable du colonel du génie. Avez-vous remarqué qu'il n'y a que huit Allemands garder notre nouveau camp?

« Oui, j'ai déjà remarqué.

« Ce n'est pas un très grand nombre. Claude affûte des cuillères en aluminium et les transforme en véritables couteaux. Pour quelque chose, il a travaillé comme métallurgiste à Paris.

« Essayez-vous d'attaquer les Allemands avec ces armes primitives ?

"Bien sûr. Quand nous aurons travaillé à l'intérieur de la fonderie, nous aurons un champ libre. Pour le moment", a-t-il ajouté, "nous serons obligés d'utiliser deux des camions. Mais ensuite nous les abandonnerons et je serai le un pour les diriger vers la frontière française. Ce sera très dur, je le sais, mais nous n'avons pas d'autre issue.

Adams ne pouvait s'empêcher d'admirer l'esprit ordonné et capable de l'homme. Il était clair que Marcel avait reçu une instruction spéciale, visant les actes terroristes et les coups de main. Une fois de plus, son cœur était rempli de l'idée de la liberté qu'il allait atteindre et, surtout, de la possibilité de pouvoir lutter à nouveau contre l'Allemand détesté.

Il y avait encore quelques scrupules dans son âme, surtout ceux qui faisaient référence à la manière cruelle et froide que Marcel avait de considérer la vie des autres, ils se sont vite effacés, laissant place à l'illusion qui lui a permis d'échapper à cette terrible captivité.

Et Santais n'arrêtait pas de lui parler.

Il lui exposait le plan, petit à petit, ne gardant que le secret de ce qui allait se passer à l'intérieur de la fonderie. Peut-être le Français avait-il remarqué la susceptibilité du camarade. La vérité est que ce fut le cas, et bien que Marcel appréciât les Britanniques, il ne cessait de mépriser en lui certains détails qu'il qualifiait clairement de « préjugés bourgeois », étant bien sûr qu'il parvenait à les arracher, définitivement, à la coeur des Anglais.

Cette nuit-là, Adams n'a pas pu dormir.

L'idée que le lendemain il lui serait tout à fait possible d'accéder à la liberté tant attendue tenait son âme en haleine. Et pour la première fois depuis qu'il était en captivité, il repensa à Deborah, maudissant mille fois le moment où il avait été dupé par cette femme. C'était comme si la vieille blessure se rouvrait, le sang et la douleur jaillissaient. Une immense amertume s'empara de lui et il ne parvint à la surmonter, presque à l'aube, que lorsque les sifflets appelèrent l'équipe de jour et qu'il dut se lever, suivant ses compagnons, pour se rendre à la fonderie.

Profitant d'un instant, Marcel dit à son oreille :

« Notre jour est venu, mon ami. Aujourd'hui nous serons libres ou ils nous enterreront n'importe où...

CHAPITRE VII

En arrivant à l'usine, Adams a été surpris de constater que l'ami proche de Marcel, Claude Duvillard, était là. En fait, étant le contremaître de l'équipe de nuit, il aurait dû quitter la fonderie. Mais il était clair que les Allemands faisaient de plus en plus confiance à ces prisonniers volontaires, et que l'Oberleutnant Slassen les avait contraints à relâcher quelque peu leur vigilance, puisqu'il tirait d'énormes profits du travail de ces hommes.

Shaw pouvait à peine contenir son impatience.

Alors que les premières heures de la matinée passaient, il réalisa l'énorme importance des événements qui allaient se dérouler peu après. Et, marchant à côté de Marcel, il ne cessait de regarder son partenaire du coin de l'œil, se demandant quels détails l'autre lui avait cachés et qu'en réalité, ils allaient être comme le déclenchement de l'évasion qu'ils préparaient .

Une seule fois Marcel s'est approché de Claude, qui s'était positionné à côté du numéro quatre du convertisseur Bassemer. Les deux hommes parlèrent doucement et Shaw vit l'autre hocher vigoureusement la tête. Puis Santais s'est de nouveau approché du Britannique.

« Tout est prêt », dit-il à voix basse.

"Je suis impatient.

"C'est naturel. Moi aussi. Ils vont être des moments importants dans notre vie, mon ami.

Et il a souri, mais sans que son visage montre la moindre émotion. Adams n'avait jamais vu un homme d'une telle froideur. Il y avait une lueur de fanatisme qui ne quittait jamais les yeux de Marcel et qui ne manquait pas d'inquiéter son compagnon britannique.

Il lui était difficile de comprendre la manière d'être d'un Latino, la manière dont il ressentait ses propres émotions, le sens profond de ses convictions qui devenaient, presque toujours, l'expression fanatique d'un sentiment qui ne se plierait à rien ni personne .

La matinée passa beaucoup plus vite que Shaw lui-même ne l'avait imaginé.

Et, soudain, les portes de la salle s'ouvrirent et les Britanniques purent voir arriver le colonel du génie, accompagné d'un lieutenant d'état-major et de l'Oberleutnant Slassen, qui était également accompagné du directeur de l'usine, Funker. Le colonel était un grand homme au front clair, aux cheveux grisonnants et à l'expression intellectuelle indéniable. Il devait avoir la cinquantaine, mais il marchait d'une manière martiale, dans ses hautes bottes brillantes et son uniforme portant les insignes du génie de l'armée allemande. Adams était quelque peu ironique que ce colonel portait des gants blancs impeccables, au milieu de la saleté qui y régnait.

— Ne dis rien, l'avertit Marcel à voix basse. Je vais prendre soin de tout. Compris, mon ami ?

"Oui.

Pendant que les ouvriers continuaient à travailler, Marcel, après qui Adams marchait, s'est approché du groupe de nouveaux arrivants et alors quelque chose s'est produit qui a surpris même les Britanniques. Se plaçant devant le colonel allemand, Marcel salua à la manière hitlérienne, levant le bras et lançant un heil de sa voix puissante.

Agréablement surpris, le colonel sourit et, se tournant vers l'Oberleutnant, dit :

« Vous avez réalisé de véritables merveilles, mon ami. Je ne m'attendais pas à ce que le travail soit associé à un sens national-socialiste chez ces hommes.

Slassen était dans la gloire et lança à Marcel un regard reconnaissant.

"Je ne me suis jamais trompé avec les hommes, monsieur

« Il l'a dit au colonel. Et en nommant ce contremaître général, je pense que je ne me suis pas trompé.

"Bien sûr que non. Comment t'appelles-tu, mon garçon ? demanda-t-il en fixant son regard sur le Français.

« Marcel Santais, mon colonel. Au nom de mes collègues " continua-t-il en disant " je vous souhaite la bienvenue et j'espère que vous trouverez tout en parfait état, puisque nous sommes disposés à collaborer au travail que vous nous avez confié.

"Très bien dit", répondit le colonel. Le réalisateur Funker m'a déjà dit que la production avait considérablement augmenté. Bien sûr, nous devrons resserrer un peu plus les vis.

"Nous sommes prêts à faire n'importe quel effort", a répondu Marcel, intrépide. Et maintenant, colonel, puis-je vous inviter à assister à la vidange d'un des convertisseurs Bassemer. Le numéro quatre. Me ferez-vous cet honneur ?

"Bien sûr," répondit l'Allemand.

Tant de sang froid de la part de Marcel a non seulement surpris Shaw, mais il n'a pas non plus été surpris que ses jambes tremblent légèrement. Il était sûr que l'invitation que venait de lancer le Français serait à l'origine de la catastrophe qui s'y déroulerait quelques instants plus tard. S'écartant, il laissa les Allemands avancer, précédés du Français, qui les conduisit jusqu'à l'énorme convertisseur, flammes et étincelles sortant de sa bouche supérieure.

Incapable de l'éviter, poussé peut-être par une étrange intuition, Adams surprit le regard qui passa entre Marcel et Claude, qui n'avaient pas bougé du côté du convertisseur, tenant à la main le levier qui allait faire basculer l'énorme masse sur son pieds. portes battantes. Les quatre Allemands se sont naturellement positionnés dans une zone éloignée d'où le convertisseur devait basculer pour verser le métal liquide dans les moules que certains prisonniers avaient déjà préparés. Certain que des moments décisifs approchaient, Adams fut submergé par un sentiment d'angoisse et de nervosité indescriptibles l'envahit.

Car il pensait que si quelque chose échouait dans le plan de Marcel, ils finiraient, comme Marcel l'avait annoncé la veille, fusillés et enterrés à proximité de l'usine. Ce n'était pourtant pas qu'il craignait la mort, mais qu'il ne pouvait concevoir que les choses tourneraient aussi bien que le rusé Français l'espérait.

Ce dernier s'était éloigné du groupe allemand, tirant sur la manche d'Adams, qui suivait docilement. Puis, élevant la voix, pour contrôler le sifflement tonitruant des buses à air chaud, il cria :

"Prêt!

Claude Duvillard hocha la tête.

Il a ensuite dit:

« Oui, prêt.

" Maintenant ! rugit le Français.

Claude frappa le levier et la masse énorme s'inclina ; mais au lieu d'aller du côté où les moules attendaient, l'appareil colossal a basculé brusquement, et en tombant, en se balançant en avant, il a jeté la masse rugissante de métal liquide sur les Allemands surpris.

C'était effrayant.

Les cris de douleur, qui ne pouvaient durer longtemps, puisque les brûlures produites allaient provoquer une mort presque instantanée, dominèrent un instant le rugissement de la masse liquide qui tomba sur le sol. Trop près du convertisseur, les quatre serveurs français étaient également éclaboussés par ces gouttes de métal liquide qui leur transperçaient le corps comme s'il s'agissait des dents d'une bête vorace qui dévore la viande à grands coups.

La vue de ces corps, corrodés par le métal liquide à une vitesse indescriptible, a presque rendu Adams Shaw nauséeux. Mais Marcel, en revanche, n'avait pas perdu son sang-froid un seul instant. En s'approchant de lui, il dit :

"Allez! C'est le moment!

Ils coururent vers la sortie de la fonderie, tandis que les autres ouvriers lui demandaient ce qui se passait. Bien sûr, Marcel n'avait fait de compromis avec aucun d'eux et se moquait bien de ce qui leur est arrivé ensuite. Seul Claude le suivit et ils furent bientôt dehors, courant vers l'esplanade, où se trouvait le petit camp de concentration qui avait été installé pour l'installation de ceux qui travaillaient dans l'usine.

En arrivant là-bas, Adams s'est rendu compte que le plan de Marcel s'était parfaitement déroulé.

Les trois membres de son peloton, Sam Blue, Horace Colton et Ed Cooper, en collaboration avec des membres de la cellule communiste de Marcel, avaient éliminé proprement les sentinelles, avec un seul blessé, un petit homme allongé au sol, toujours empalé par la baïonnette de son ennemi qui lui était tombé dessus, avec un de ces couteaux en aluminium planté dans le dos.

Ils n'ont plus perdu de temps.

Ils se sont dirigés vers l'un des camions et Marcel les a invités à monter dedans, puis ils ont pris le volant et ont démarré le véhicule qui a filé hors de cette zone où les Allemands avaient été éliminés, car les employés des bureaux du directeur et les assistants étaient complètement inconscient de ce qui s'était passé.

Conscient que chaque seconde avait son prix en or, Marcel appuya sur l'accélérateur et emprunta une route secondaire, suivant un itinéraire qu'il avait préalablement étudié. Trois heures plus tard, ils quittèrent le camion et pénétrèrent dans une zone de jungle, la traversant sans se reposer le moindrement. Cela semblait toujours un mensonge à Adams que tout cela avait fonctionné. Mais il ne put éviter, à maintes reprises, de songer à la vengeance des Allemands et aux représailles qui seraient exercées sur ces malheureux qui, ignorant le plan, avaient été laissés dans la fonderie les yeux grands ouverts, sans comprendre à tout ce qui se passait. événement.

Adams n'a jamais été sûr qu'ils pourraient arriver en France, comme ils l'ont fait, sans rencontrer d'obstacles sérieux. Mais ce diable de Marcel semblait connaître tous les chemins et méandres de la frontière, et ils n'eurent qu'une petite rencontre, avec quelques sentinelles, qu'ils éliminèrent proprement.

Une fois sur le territoire français, Horace continua d'être le guide idéal et, se cachant le jour, ils marchèrent la nuit en se rapprochant progressivement de Paris, où le Français commença à entrer en contact avec les membres de son organisation.

Malgré le fait qu'il ne pouvait pas oublier ce qui se passait sans aucun doute dans le camp de concentration, après les événements de ce matin-là, Adams Shaw était sincèrement heureux d'avoir sorti ses hommes de l'enfer pour leur donner une chance de se battre. les Allemands, les armes en main.

Peu à peu, ses appréhensions disparaissaient, et lorsqu'ils arrivèrent dans la capitale française, pouvant dormir et manger normalement pour la première fois, il comprit le génie organisateur de Marcel et se prépara à collaborer avec lui, parfaitement convaincu qu'il était un patriote. cent. par cent, dont le seul objectif était de lutter contre l'ennemi commun.

Ils avaient été reçus dans le quartier populaire de Saint Denis par une famille qui, dès le début, semblait être entièrement sous les ordres de Marcel. Il s'agissait d'un jeune couple qui vivait avec leur belle-sœur, une jolie blonde prénommée Paule.

Ils y restèrent douze jours.

Marcel était dehors presque toute la journée. Retrouvé avec les membres de son peloton, en particulier Sam Blue et Horace Colton, le sergent Shaw a passé de longues heures de conversation animée, ou a été distrait en jouant aux cartes ou aux échecs, car il était complètement impossible de quitter la maison, du moins pour le moment.

De son côté, Ed Cooper s'était volontairement séparé de ses amis, passant la majeure partie de la journée en compagnie de Claude et des autres hommes qui avaient réussi à s'échapper d'Allemagne. Adams s'est vite rendu compte qu'Ed devenait un communiste aussi fanatique que le reste des gens de la maison. La nuit, quand ils se rencontraient dans la grange, où la blonde Paule leur apportait leur nourriture, les yeux de

Cooper étaient brillants, ses joues étaient rouges, et il parlait sans arrêt, essayant de convaincre ses autres camarades de peloton.

Il a parlé avec une telle passion qu'Adams a été impressionné, le blessant grandement que le jeune homme ait été emporté par des idées qu'il ne comprenait pas lui-même entièrement. Ils étaient en revanche très loin de le satisfaire et c'est qu'il n'y avait pas de place dans son cœur pour considérer les hommes comme de simples nombres, encore moins pour les exposer à une dictature, fût-elle noire, comme celle qui dominait Allemagne, ou en rouge, comme il semblait être celui qui avait été imposé dans la lointaine Russie.

"Je ne te comprends pas," lui dit Ed un soir, alors qu'ils mangeaient tous ensemble. Je pensais que tu étais un homme qui aime la liberté...

Cooper sourit avec condescendance.

« Et je le suis, sergent Shaw. Mais pas de cette liberté absurde qui a été jusqu'alors le prix que nous avons payé pour un véritable esclavage. Avez-vous peut-être oublié cette liberté trompeuse qui, par exemple, dans notre patrie, est une sorte de drogue qu'ils nous donnent pour nous endormir et nous faire ce qu'ils veulent ?

« Je ne suis pas d'accord avec toi, Cooper. Il est fort probable qu'il pense comme vous à certains abus des puissants. Mais vous ne pouvez pas nier que la liberté est la plus belle chose qui soit. Et ne me dites pas qu'il existe différentes sortes de libertés. Il n'y a qu'un seul. Le reste est...

— Vous vous trompez fort, monsieur, répondit le jeune homme, les yeux brillants. Il ne peut y avoir de liberté saine tant qu'il y a des différences sociales. Et c'est ce que nous voulons réaliser dans un avenir proche. Ne vous y trompez pas, sergent. Cette guerre n'a pas la même signification que la précédente et c'est, heureusement, la première qui va soulever, de façon incontestable, le droit du plus grand nombre. Je peux parier ce que je veux qu'il y aura de profondes modifications quand tout sera fini. Et les hommes se rendront compte qu'il ne peut y avoir de place pour l'esclavage du monde moderne...

« Pensez-vous que cela existe ?

"Bien sûr. Un esclavage, comme je l'ai déjà dit, déguisé en Liberté. Le pire des esclavages : l'esclavage économique. Et alors que beaucoup sont obligés de payer pour une fausse liberté le prix d'une vie de travail, mal payée, vivant dans conditions indescriptibles, une petite majorité ne se lasse pas de répéter ces brebis qui vivent dans un monde heureux, civilisé, plein de promesses et où la liberté individuelle est garantie à jamais.

« Je ne suis toujours pas d'accord avec toi, mon garçon. Car je préférerai toujours travailler pour un homme, lui montrer que je le fais bien, obtenir de lui les améliorations nécessaires, être l'esclave d'un état omnipotent, me voyant contraint de faire ce qui ne peut me plaire, ayant devant de moi une triste existence dans laquelle des mots trompeurs me convainquent ou du moins essaient que je travaille pour le bien commun.

Cooper sourit.

« Vous êtes bourré de préjugés, sergent. Mais pensez-y. Il n'y aura plus de place pour l'individualisme quand tout cela sera fini. Le bien commun est avant tout. Et ceux qui ne satisferont pas à l'exigence de leur enthousiasme pour le travail en commun seront éliminés.

« Belle façon d'exprimer la liberté !

L'arrivée de Marcel a coupé la conversation, ce qui a rendu Shaw heureux.

"Nous pouvons nous préparer", a déclaré Santais. Demain, nous quitterons Paris et nous dirigerons vers le massif central. Nos camarades nous y attendent.

« Et les armes ? Adams osa demander.

« Cela viendra plus tard. Nous avons déjà un plan pour les récupérer. Mais, pour le moment, nous devons d'abord rencontrer le groupe qui nous attend, dans la zone montagneuse du massif central. Par ailleurs " et a montré ses dents dans un large sourire ", j'ai l'honneur de vous informer que j'ai été nommé à la tête de ce groupe de résistance.

Tous ses amis s'entourèrent, lui serrant chaleureusement la main.

Adams, pour sa part, s'est encore demandé s'il avait choisi la bonne voie. Ses deux inséparables, Sam Blue et Horace Colton, sont restés à ses côtés, ne prenant aucune part à la joie jubilatoire qui s'était emparée des autres.

Lorsqu'il eut fini de serrer les mains qui lui étaient chaleureusement tendues, Marcel s'approcha du Britannique.

"Je veux te parler, seul...

"Quand tu veux,

"Viens en dessous.

Ils quittèrent la grange et se rendirent dans la chambre du premier étage où était installée la salle à manger de la famille qui les avait accueillis. Assis devant des tasses de café, les deux hommes ont allumé une cigarette puis, après une longue pause, Marcel a dit...

« Je compte beaucoup sur toi, Adams. Tu as quelque chose qui me manque.

"Qu'est-ce que tu racontes?

« Vous êtes un militaire de la tête aux pieds. Et c'est ce dont j'ai besoin.

"Pour quelle raison?

« Pour saisir les armes. Ne pense pas que ça va être facile.

« Y a-t-il beaucoup d'Allemands dans cette région ?

« Assez. D'ailleurs, ce n'est pas le problème principal. Le déplacement des armes de Poitiers vers la périphérie de Clermond Ferrand ne peut se faire sans camions. Et nous n'en avons pas un seul.

« On peut en avoir.

« C'est précisément mon plan. Mais j'ai besoin d'une équipe d'hommes disciplinés et surtout habitués à faire ce genre de coups de main. Avez-vous entièrement confiance en vos trois soldats ?

« Complet ; c'est-à-dire dans deux d'entre eux ...

« Y a-t-il un nouveau traître ? Marcel était alarmé.

"Non, je ne veux pas dire cela. Mais Ed Cooper semble faire plus partie de votre groupe que du mien.

Santais éclata de rire.

« C'est un garçon très intelligent, ce Cooper, dit-il. Il sera un excellent théoricien. Et nous en avons aussi besoin. Il y a beaucoup d'hommes, dans le groupe de résistance auquel nous sommes destinés, qui ont besoin de leçons de marxisme. Savez-vous que Cooper m'a demandé beaucoup de livres à illustrer ?

« C'était facile à prévoir.

« Il deviendra un agitateur de premier ordre. J'ai eu la chance de vous rencontrer sur le terrain.

« Oui, bien sûr. Et en parlant du champ, qu'est-il arrivé à ceux qui y sont restés ?

Marcel haussa les épaules.

« Vous avez des scrupules ?

— Ce n'est pas ça, Marcel. Mais nous aurions dû les amener avec nous, du moins ceux qui travaillaient à la fonderie.

"Eh bien, tu sais que c'était impossible. Nous ne pouvions pas choisir. D'ailleurs, tu ne connais pas encore les hommes, mon ami. Il y en a beaucoup qui ne méritent pas le moindre effort. Ils seraient alors devenus un poids inutile que nous aurions eu à porter jusqu'ici. Non, oublie ça complètement.

"J'essaie.

« Nous avons un travail formidable devant nous, Adams. Et je sais que vous collaborerez intensément en lui, à mes côtés. Nous devons faire du groupe de résistance le premier, le plus audacieux, le plus déterminé. Il y a des choses que je ne peux pas encore vous expliquer, mais alors, petit à petit, vous les comprendrez. Je ne suis pas un homme qui projette pour demain, mais pour bien plus tard, pour l'avenir. Le sort de la France et de son prolétariat dépendra, dans une large mesure, de la force que nous aurons acquise à la fin de la guerre.

« Je ne veux pas me mêler de projets politiques, Marcel. N'oubliez pas que je suis dans un pays ami, mais étranger.

« Il ne faut pas penser comme ça. Le monde entier est notre pays. Mais ce sont des choses que vous apprendrez au fur et à mesure que les événements vous mèneront sur le chemin de la vérité. Maintenant, peu importe comment vous pensez. Êtes-vous déterminé à nous aider?

« Je suis déterminé à combattre les Allemands sur n'importe quel terrain.

"Ce n'est pas grave. Demain soir, nous sortirons d'ici. Il ne sera pas difficile d'arriver là où ils nous attendent, même si nous devrons ouvrir grand les yeux. Une fois là-bas, vous et moi préparerons soigneusement le prévoyez d'aller à la recherche des munitions et des armes qui feront de notre groupe le plus terrible ennemi des nazis. Avec vous, avec vos connaissances militaires, nous préparerons des coups de main et nous ne laisserons pas ces chiens envahisseurs se reposer un seul instant. Bien que nous devions aussi faire d'autres choses ...

Il n'en a pas dit plus.

Adams a continué à essayer de répondre, "en tête", aux centaines de questions que sa propre conscience lui posait. Mais il en avait marre de le faire et, en même temps, il se sentait emporté par l'enthousiasme de Marcel, qui lui expliquait ses projets d'avenir. N'avait-il pas voulu cela ? Ne voulait-il pas continuer à combattre l'ennemi et éteindre, quoi qu'il en soit, la douleur des souvenirs qui, de temps en temps, faisaient irruption dans son cerveau douloureux ?

Le mieux qu'il pût faire était de se donner corps et âme à la mission que le destin semblait lui avoir indiquée. Se battre à nouveau occupait votre esprit vingt-quatre heures sur vingt-quatre. C'était oublier avant tout cela, et, en même temps, venger ceux qu'il avait vu tomber pendant la bataille, sur le chemin de Dunkerque. Faire baisser la tête à l'adversaire, sentir le poids de la vengeance, lui faire oublier cette posture fière et intolérable qu'il avait prise depuis la victoire de 1940.

Il regarda franchement Marcel.

« Je suis avec toi, mon ami. Je ferai tout ce qu'il faut pour aider les alliés dans le triomphe final.

"Je n'attendais rien de moins de toi" sourit l'autre. Je t'ai déjà dit un jour que je ne me trompais pas en regardant les hommes. Jusqu'à présent, nous n'avons remporté que des triomphes et il en sera ainsi désormais. Bientôt le groupe "Marcel" se fera entendre dans toute la France. Et quand ils entendront ce mot, les cochons allemands trembleront de peur car ils ne sauront pas quand nous allons leur tomber dessus, leur montrant ainsi qu'ils ne sont pas, loin de là, les propriétaires de cette terre qu'ils ont violée, l'envahir.

CHAPITRE VIII

Ils ont quitté Paris dans la nuit.

Un homme était venu les guider vers les montagnes, et après avoir traversé la ville, dispersés par groupes de deux, essayant d'emprunter ces rues où il était peu probable de rencontrer des patrouilles allemandes, ils quittèrent définitivement la capitale française, puis montèrent vers un camion de poisson qui les a conduits à Orléans.

Avant d'atteindre cette ville, ils sont descendus du véhicule et ont traversé la rivière à gué, à quelque huit kilomètres à l'est de la ville. Puis ils ont retrouvé le camion au sud de la ville et ont continué leur voyage.

Adams avait remarqué, avec surprise, que la belle blonde de la maison de Saint Denis, Paule, les accompagnait. Le voyage fut cependant suffisamment fatiguant pour qu'ils profitent des moments où ils étaient dans le camion et qu'ils dormaient tous, souhaitant être enfin dans les montagnes du massif central.

A l'aube du lendemain, le camion s'est arrêté dans une zone montagneuse, accidentée et de jungle. La quittant, suivant toujours le guide qui les précédait, ils prirent un chemin qui serpentait et montait rapidement. Bientôt, ils perdirent de vue la route et se retrouvèrent au milieu d'une forêt d'arbres rabougris et tordus, leurs troncs pleins de callosités étranges, comme des tumeurs monstrueuses.

Le chemin devenait de plus en plus difficile et, finalement, ils durent marcher à quatre pattes, escaladant des falaises qui longeaient de profonds gouffres. Enfin, déjà au plus profond de la zone la plus sauvage des montagnes, ils furent arrêtés par deux hommes, armés de fusils, qui serraient la main du guide et le précédaient, le conduisant jusqu'à une sorte de petite plaine, coupée d'un côté par un rocher mur dans lequel quelques petites grottes avaient été creusées.

Ils étaient dans le camp du « maquis ».

La première chose que Shaw a vue, précédant un groupe d'hommes armés, était un être étrange, avec une énorme bosse sur le dos et un visage désagréable. Il était mince, avec des jambes rabougries et un crâne du même type. Le front incurvé avait une sorte de ligne sombre sur son dessous qui formait les sourcils hirsutes et terriblement touffus. Le nez était plat et les yeux exorbités. Sous la première, les lèvres, épaisses et sensuelles, s'écartent pour laisser apparaître des dents corrompues et jaunâtres.

Marcel serra la main de l'homme puis, se tournant vers l'Anglais, dit :

« C'est mon lieutenant. Vous pouvez l'appeler "Tordu". Vous ne serez pas offensé, je vous assure. D'ailleurs, "ajouta-t-il en souriant", je pense que personne ne le connaît sous un autre nom. Ce n'est pas vrai ?

Le difforme acquiesça.

Cela montrait clairement que le nom dénigrant ne le dérangeait pas du tout. Peut-être poussé par une sorte de sale instinct d'auto-punition, il était même content quand tout le monde le connaissait et l'appelait "Tordu".

« As-tu fait ce que je t'ai commandé ? Demanda alors Marcel.

"Bien sûr. Voulez-vous que nous les voyions ?

« Pourquoi pas ? » Et se tournant encore vers l'anglais, il dit : « Viens avec nous, Marcel. Il y a quelque chose que je veux t'apprendre.

Pendant que le reste des hommes fraternisait avec les nouveaux arrivants, Marcel, le bossu et Shaw commencèrent à s'éloigner du camp. Ce petit plateau était presque complètement isolé du reste des formations montagneuses qui l'entouraient complètement. C'était une sorte de nid d'aigle, et Adams, poussé comme toujours par son esprit militaire, dit que les résistants avaient choisi précisément l'endroit idéal, puisque la défense de ce petit plateau était assez facile.

Une fois arrivés au bord, ils suivirent un chemin qui descendait vers l'une des vallées qui entouraient cette minuscule plaine. En réalité, c'était une terrasse, produite par une coupure dans la montagne, laissant derrière elle l'élévation où les trous avaient été faits pour les transformer en grottes. Tout le reste n'était que falaises et gouffres, dangereusement bordés de rochers pointus de formation sans aucun doute volcanique.

Ils continuèrent le chemin jusqu'à atteindre le fond du ravin et une fois là-bas, le bossu tourna à droite et les conduisit à une petite clairière, presque entièrement recouverte d'une végétation luxuriante, pleine d'épines. Se tournant vers Marcel, il dit en tendant le bras :

« Voilà, camarade.

Adams Shaw suivit la direction indiquée par le "Tordu" et ne put s'empêcher de frissonner.

Ce que Marcel voulait qu'il voie n'était pas joli.

Il y avait, au sol, couverts de mouches et de sang séché, quatre hommes, leurs corps clairement transpercés par une multitude de balles. Sans montrer la moindre émotion, Marcel s'approcha, suivi du bossu, jusqu'à s'arrêter devant les corps immobiles qui gisaient sur la terre jaunâtre.

« Les vrais cochons ! Il rugit. Puis, changeant le ton de sa voix, il demanda : « Qu'ont-ils dit ?

"N'importe quoi ! Ils étaient à moitié morts de funk... Si tu les avais vus supplier de ne pas les charger !

Marcel sourit farouchement.

Incapable de se contenir, Adams s'avança et, désignant les cadavres, demanda :

Qui étaient-ils?

Marcel se tourna vers lui.

"Les anciens dirigeants du groupe, mon ami", a-t-il dit, toujours souriant.

« Est-ce qu'ils ont fait quelque chose de mal ?

« La pire chose que puisse faire un homme qui lutte contre le fascisme. Ils n'ont pas rempli la mission assignée. Nous leur avions ordonné de descendre à Saint Jacques, ville au bord de la route. Ils avaient ordre de remplir de plomb les entrailles du maire de cette ville. Et ils ne l'ont pas fait. Ils ont dit qu'ils ne voulaient tuer aucun Français.

Et ce maire ?

Marcel cracha par terre, avec une colère visible.

« Ce maire est l'un des collaborateurs les plus dégoûtants de la région ! Un type qui s'est vendu aux Allemands. Tu comprendras, Marcel. Jusqu'à récemment, les habitants de Saint Jacques, ainsi que les habitants de l'autre ville, qui s'appelle Villesud, également située sur la route, nous avaient aidés en nous donnant de la nourriture pour que nous puissions endurer dans les montagnes. Mais le maire de Saint Jacques a catégoriquement refusé de nous aider et a signalé le cas aux autorités de la ville allemande. Deux de nos hommes sont tombés dans le piège et ont été torturés avant de mourir. Alors "Tordu" a envoyé ceux-là, dont deux étaient les chefs d'une fraction du groupe. Mais ils ont refusé d'éliminer ce scélérat et, voyez-vous, ils l'ont payé...

Shaw essaya de comprendre ce qu'il venait d'entendre.

D'une part, son sens militaire strict lui disait que la désobéissance à un ordre donné devait être punie. Mais, d'un autre côté, il ne jugeait pas logique de tuer des hommes dont la faute avait été de refuser d'assassiner un compatriote.

Comme s'il lisait dans ses pensées, dit Marcel ;

Pensez-y, Adams. Si chacun faisait ce qu'il veut ici, notre travail serait nul. Il doit y avoir une discipline. Vous ne comprenez pas ?

"Oui je comprends.

« Mais il y a d'autres choses que vous comprendrez petit à petit. Malheureusement, tous les hommes qui sont allés au « maquis » n'avaient pas une idée claire de la responsabilité qu'ils acceptaient, lorsqu'ils tentaient de lutter contre l'envahisseur. Beaucoup l'ont fait par snobisme, d'autres par aventure. Et cela ne peut pas être autorisé. La mission qui nous a amenés ici est trop difficile pour laisser certains rêver de devenir une stupide série Robin des bois. Le peuple français est engagé dans un combat à mort et il ne peut y avoir de place pour les lâches, les traîtres ou les âmes sensibles.

Shaw a dû donner la raison, en interne, à Marcel. Il a toujours été attiré par cet homme qui avait su si parfaitement préparer le coup pour la fuite d'Allemagne. Mais néanmoins, ses vieux instincts démocratiques combattaient désespérément en lui, faisant que sa conscience lui disait des choses désagréables.

Ils quittèrent cet endroit et retournèrent au camp.

Immédiatement après, ils se sont rassemblés à l'intérieur d'une des grottes et là se sont assis le bossu, Marcel, Claude Duvillard et le sergent britannique.

"Ce qui nous intéresse maintenant, plus que tout", a déclaré Marcel, "c'est de préparer le coup d'État pour saisir le plus d'armes et de munitions possible dans l'entrepôt dont je vous ai parlé. Nous avons déjà dit que la difficulté est justement qu'il nous faut au moins quelques camions.

Le « Tordu » est intervenu :

— C'est pourquoi tu ne devrais pas t'inquiéter, Marcel.

"Avez-vous une idée? A demandé celui-ci.

« Il y a un parc mobile allemand autour de Saint Jacques. Certains d'entre nous ont vu quatre camions neufs à cet endroit. Par contre, la garnison allemande n'est pas très nombreuse : six hommes et un sergent.

Marcel sourit.

« C'est ce qui nous convient. Mais je veux que l'organisation de cette mission soit entièrement réalisée par notre ami Shaw. Comme nous avons des plans pour la région et que je connais parfaitement le chemin qui nous mènera au dépôt de munitions, nous allons étudier, si vous le pensez « et il a regardé les Britanniques », tous les détails de ce plan. Naturellement, vous serez le patron.

Ils causèrent longuement, examinant les cartes que Marcel avait sorties de sa poche et étudiant attentivement le projet qui devait faire du groupe de résistants le mieux armé de toute la France.

Le soir venu et après avoir dîné dans la grotte, Adams Shaw sortit se promener, étant surpris de voir le « maquis » qui, assis par terre, écoutait attentivement la parole facile d'Ed Cooper, dont les intentions allaient jusqu'aux Britanniques sergent, lui causant un sincère étonnement.

Je n'aurais jamais imaginé que Cooper serait capable d'assimiler les théories marxistes à une telle vitesse. La vérité est qu'il parlait comme un livre et citait des choses que Shaw avait du mal à comprendre. Il n'entendit pas les pas de Marcel s'approcher de lui et quand le gigantesque Français fut à ses côtés, il dit en souriant :

« Tu vois, Adams. Votre ancien soldat Ed Cooper est devenu rien de moins que notre meilleur commissaire politique.

Shaw hocha la tête et s'éloigna jusqu'au bord du plateau. Il voulait être seul et réfléchir. Mais lorsqu'il s'assit par terre, sous le ciel étoilé, il repoussa de son imagination toutes les préoccupations présentes, et encore, impuissant, il projeta son esprit dans le passé, comme s'il avait besoin, à chaque instant, de revenir . saigner pour ces blessures qu'une femme ordinaire avait ouvertes dans son cœur.

Deux nuits plus tard, le groupe formé par le sergent Shaw, Sam Blue, Horace Colton et Marcel Santais a quitté le camp, se dirigeant vers la vallée qui devait les conduire aux alentours de la petite ville de Saint Jacques.

Tous étaient armés de mitraillettes, avaient un pistolet à la ceinture et des grenades accrochées au même endroit. Marcel menait les autres et prenait le chemin le plus direct pour rejoindre la route. Une fois là-bas, ils avancèrent le long du fossé, en silence, conscients de tous les bruits qui les atteignaient. Petit à petit, ils s'approchaient de la ville, butant devant, comme ils s'y attendaient, avec le parc mobile que les Allemands y avaient installé, dans une immense maison de campagne qui se trouvait à une vingtaine de mètres de la route, reliée à celle-ci par un chemin de terre. .

Allongés dans le caniveau, ils examinèrent attentivement la maison, découvrant presque aussitôt la sentinelle qui arpentait sans fin le portail. Un hangar primitif, couvert de roseaux, occupait la partie gauche de la maison et en dessous on pouvait voir les structures verdâtres des quatre camions.

Baissant la voix, Marcel dit au sergent :

— Maintenant, c'est votre tour, Adams. Quel est ton plan?

"Je vais m'occuper personnellement de la sentinelle," répondit Shaw. Dès qu'il l'aura éliminé, nous irons tous dans la maison et achèverons le reste des Allemands. Ce n'est qu'en éliminant toute la garnison que nous pourrons faire bouger les camions et, en même temps, profiter des uniformes et des documents nazis au cas où nous rencontrerions quelqu'un sur la route.

« Avez-vous remarqué que lorsque l'alarme sonnera, ils nous chercheront partout ?

« J'ai compté là-dessus. Mais une fois au dépôt de munitions, où nous arriverons comme vous l'avez calculé dans quelques heures, il ne sera pas difficile du tout de changer le numéro d'immatriculation des camions et ainsi pouvoir, au retour, aller inaperçu. De plus, vous avez également dit que nous prendrions une route secondaire pour atteindre un point où ceux du groupe attendraient que nous nous occupions de tout ce que nous avons chargé. Ce n'est pas comme ça ?

"En effet. J'aime ton plan. Tu peux commencer quand tu veux.

Sortant du caniveau, Adams Shaw rampa lentement vers la sentinelle.

C'était comme s'il était de nouveau sur la ligne de front, et tous les souvenirs se sont précipités dans son cerveau, brusquement. Il avait complètement oublié les circonstances particulières qui l'avaient amené là et se voyait transféré dans le temps, comme lorsqu'il avançait en patrouille, se sachant protégé par ses hommes et sûr de lui, comme tout homme qui remplit un devoir envers lequel il pense qu'il est obligé.

La sentinelle continuait de marcher d'un côté à l'autre, complètement inconsciente du danger qui l'approchait. Maître dans l'art de l'approche, Shaw avançait en rampant prudemment, gardant un œil sur la silhouette de l'Allemand, dont la baïonnette brillait de temps en temps lorsqu'il se retournait brusquement une fois sa promenade terminée.

Quand il fut assez près de l'Allemand, il s'assit, se préparant à sauter. Il avait saisi la mitraillette à deux mains et avait prévu de porter un coup final à son adversaire qui le mettrait hors de combat, avec le moins de bruit possible. Mais le silence qui régnait dans la maison était significatif et démontrait clairement que le reste de la garnison dormait profondément.

D'un sommeil profond et éternel dont il ne se réveillerait jamais.

Il s'élança, précis, dans un chemin qu'il avait prévu d'avance.

Levant légèrement le bras gauche, il fit faire un demi-cercle à la mitraillette et sa crosse métallique s'écrasa brutalement sur le visage de l'Allemand.

Il haleta, puis se replia soudainement, atterrissant lourdement sur le sol. Le casque était tombé de sa tête et Shaw, conscient du danger de reprendre connaissance, a levé à nouveau la mitraillette et a frappé, brutalement, sur le crâne du malheureux.

Il y eut un bruit sec d'os brisés et un frisson posthume parcourut le corps de l'Allemand.

Puis il se figea.

Alors qu'il se dirigeait vers la porte, Adams entendit parfaitement les pas de ses compagnons s'approcher rapidement. La porte n'était pas fermée et ils la poussèrent avec précaution, en veillant à ce que ses gonds gémissent le moins possible. A l'intérieur, il y avait une sorte de large patio avec une charrette abandonnée sur la droite et quelques outils agricoles déjà rouillés, montrant ainsi que les propriétaires de la maison l'avaient abandonnée depuis longtemps.

Ce n'était pas difficile pour eux de s'orienter, trouvant un escalier qui menait à l'étage supérieur. Ils y montèrent, armes au poing, marchant prudemment sur les bords de chaque marche, prenant garde que le bois ne gémisse sous le poids de leurs corps. Une fois en haut, ils se retrouvèrent dans un couloir, avec des portes des deux côtés, toutes entrouvertes et certaines laissant échapper le son caractéristique de la respiration normale d'une personne profondément endormie.

Distribuant ses hommes, Shaw entra dans l'une des pièces où dormaient deux Allemands. Agissant de la même manière qu'il avait utilisé contre la sentinelle, il frappa les crânes de ses adversaires puis sortit, vérifiant que les autres avaient fait de même avec ceux qui dormaient dans les chambres voisines. La mort était venue silencieusement et tranquillement dans la maison, qui semblait encore plongée dans une paix qui, en vérité, était pour ses occupants du moment, définitive et éternelle.

En quittant le bâtiment, ils se sont ensuite rendus au garage où ils ont vérifié l'état des camions. Ils en ont choisi deux, qu'ils ont parcourus avec soin, remplissant les réservoirs des bidons d'essence qui s'y trouvaient. Puis ils retournèrent dans le bâtiment et, se permettant maintenant le luxe d'allumer la lumière, ils choisirent les uniformes qui leur convenaient le mieux. Le plus difficile a été d'en trouver un qui corresponde aux dimensions colossales de Marcel Santais, qui a finalement obtenu le plus grand, bien que les menottes du guerrier n'atteignent pas beaucoup plus bas que le coude.

Souriant, il dit :

«Je vais me cacher à l'intérieur d'un des camions. Je pense que personne ne serait convaincu si je vous disais que ces vêtements ont rétréci lorsque je les ai lavés.

Sam Blue sourit.

Les deux véhicules ont démarré peu après. Comme Marcel l'avait assuré, ils ont pu emprunter une route secondaire, à cinq milles au-dessus du poste allemand qu'ils venaient d'attaquer, en tournant à gauche et en entrant dans une zone où il était visiblement peu probable de rencontrer des patrouilles ennemies.

Il ne leur fallut pas plus de deux heures pour parcourir la distance qui les séparait de cette petite gare oubliée où Marcel, il y a tant de mois, avait achevé la garnison française pour que le secret du dépôt de munitions ne soit connu de personne.

Les restes de la caserne qu'il avait incendiée étaient encore visibles, mais lorsqu'il sortit du camion, courant vers l'entrée qui avait été dynamitée, il hurla de rage.

Les autres s'approchèrent de lui.

L'entrée était propre, ouverte, montrant qu'ils y avaient creusé et que quelqu'un avait donc découvert le secret.

A l'aide des lampes de poche qu'ils avaient saisies au poste militaire allemand, ils ont pénétré à l'intérieur pour se convaincre que les armes et les munitions avaient disparu.

Les yeux de Marcel semblaient menacer de s'écarquiller.

"Maintenant, je comprends! rugit-il en serrant les poings.

« Le fait ? Demanda Shaw.

« C'était ce traître de Paul.

« L'homme qui vous a ordonné de faire sauter l'entrée ?

"Oui. Je sais qu'il est mort, mais il a été assez lâche pour vendre le secret avant de mourir.

Et s'ils l'avaient torturé ?

« Et alors ? Il rugit encore. Un membre du Parti ne doit pas parler, même si ses yeux sont crevés et sa viande coupée en morceaux. Bon sang mille fois ! , je l'aurais étranglé ici même, le brûlant à côté des cadavres de ceux que je devais tuer pour que le secret de cet entrepôt ne soit connu de personne.

« Et qu'est-ce qu'on fait maintenant ? » je demande.

"Sortez d'ici" dit Marcel. Nous retournerons aux camions et les brûlerons avant d'y arriver. Merde ! Nous sommes de retour comme avant, avec quelques mitraillettes et une poignée de balles. Et nous n'avons même pas pris les armes ou les munitions des Allemands de la flotte. Mais qui savait que cette surprise nous attendait ici ?

"Nous pouvons y retourner si vous voulez", a déclaré Shaw. Il y avait une douzaine de fusils et deux caisses de munitions.

"Tu as raison. C'est quelque chose. Allons-y.

Ils remontèrent dans les camions et Marcel, assis à l'intérieur de l'un d'eux, serra les lèvres avec colère, les mordant parfois, jusqu'à ce qu'il fasse du sang.

Il avait tellement compté pour faire de son groupe le plus important de France que maintenant, plein de dépit, il voulait se venger de tout, lâcher la brutalité qui l'habitait et déchaîner la haine qui montait de chacun. de ses pores. Peu à peu, à mesure qu'ils s'approchaient de nouveau de Saint Jacques, une idée lui traversa l'esprit et ses lèvres s'ouvrirent en un sourire cruel.

"Au moins" pensa-t-il ", nous n'aurons pas perdu la nuit..."

CHAPITRE IX

S'emparer des armes et des munitions de la maison occupée par la flotte allemande était simple, puisque l'alarme n'avait pas encore été donnée et cela avait une explication logique. La garnison allemande était située à Villesud, douze kilomètres plus au sud, et ce détachement motorisé était le seul groupe allemand à proximité de Saint Jacques.

Quand ils eurent traversé la route, en route vers la montagne, Marcel s'arrêta brusquement et dit en se tournant vers les autres :

« Vous pouvez continuer jusqu'au camp. Claude vous guidera. Puis, fixant Adams, il demanda : « Peux-tu me laisser avoir un de tes garçons, Shaw ?

« Naturellement. Que veux-tu faire ?

"Je te dirai plus tard. Désignez celui que vous souhaitez m'accompagner.

— Regarde-toi, Horace, dit le Britannique.

Colton a remis les armes qu'il portait, les répartissant entre Sam et le sergent. Puis, silencieusement, elle suivit Marcel et ils repartirent tous les deux, retraversant la route et empruntant le fossé, puis se dirigeant vers la petite ville tranquille de Saint Jacques.

Il aurait été franchement difficile pour Horace de comprendre les sentiments qui nichaient alors dans le cœur sauvage de Marcel. La vérité est qu'il n'avait pas pu oublier un seul instant l'échec de retrouver vide la mine abandonnée, là où auraient dû se trouver les munitions et les armes, surtout après les sacrifices que le secret avait coûtés.

Homme primitif, mais en même temps doté d'une intelligence naturelle remarquable, cent pour cent astucieux, Marcel Santais ne pouvait réprimer, en aucune façon, l'esprit vengeur qui se niche dans sa poitrine.

Accablé de ressentiment envers la société, ayant subi l'indicible dans une jeunesse hasardeuse, dans les quartiers les plus misérables de la capitale française, il était maintenant soudainement converti, pour la première fois de sa vie, en quelque chose d'important. Et la responsabilité de sa position semblait lui imposer le besoin de démontrer aux autres ses capacités et son manque de miséricorde envers ceux qu'il considérait comme des ennemis. Il accéléra le pas, suivi d'Horace, qui portait sa mitraillette sur le dos. Il ne dit pas un mot pendant le trajet et lorsqu'ils arrivèrent à l'entrée du village, il leva la main, leur signifiant qu'ils devaient s'arrêter.

« Prenez la mitraillette dans votre main, mon garçon », a-t-il averti.

Horace Colton l'a fait.

« Allons-nous loin ? » osa-t-il demander.

"Non" répondit l'autre. Nous sommes déjà très proches. Suis-moi et ne crains rien. Ici à Saint Jacques, il n'y a pas d'Allemands.

Horace hocha la tête et suivit Marcel qui s'était mis à marcher dans une rue étroite et silencieuse avec une forte odeur de fumier, démontrant l'existence d'écuries dans presque toutes les maisons en face des rues. Qu'est-ce qui s'est passé. La rue était mal pavée et Horace avait du mal à marcher, dans ses bottes, à cause des bords ronds et glissants que, au contraire, son compagnon semblait dominer complètement.

Ils marchèrent une centaine de mètres, puis s'arrêtèrent devant une petite porte qui menait à un mur assez haut. Juste à côté, Marcel a travaillé avec le couteau jusqu'à ce qu'il réussisse à faire sauter la vieille serrure moisie qui était plus un symbole qu'un signe de sécurité.

« Allez », dit-il dans un murmure.

Le jardin qu'ils traversaient était large, et Horace sentit les fruits qui devaient être suspendus aux arbres, dont les hautes formes les entouraient.

Le sol était recouvert d'une couche de terre molle sur laquelle il était agréable de marcher. Lorsqu'ils furent arrivés à l'arrière de la maison, Marcel répéta les mêmes manœuvres qu'il avait faites tout à l'heure sur la grille du jardin. Il semblait avoir une capacité extraordinaire à sauter des serrures, et quelques instants plus tard, il rangea le couteau, puis se tourna vers Horace.

"Maintenant essaie de faire le moins de bruit possible, mon garçon" dit-il, à voix basse "Frappe toi et moi et ne t'éloigne pas trop. Je te guiderai. Compris ?

"Oui", répondit le Britannique.

Pour augmenter encore sa proximité avec l'homme devant lui, Colton tendit la main et s'empara du guerrier de Marcel. De cette façon, ils avancèrent tous les deux dans l'obscurité la plus complète. Mais, apparemment, le Français connaissait parfaitement la topographie de ces lieux, puisqu'il n'a pas trébuché une seule fois, trouvant très facilement l'escalier par lequel ils ont commencé à monter à l'étage supérieur.

Un silence complet régnait dans la maison.

En suivant de près Marcel, dont il s'était libéré en montant les marches, Colton se demanda ce qu'ils allaient faire là et qui étaient les habitants de cette maison. Mais il n'eut pas beaucoup de temps pour réfléchir, et lorsqu'ils se rencontrèrent sur le palier du premier étage, Marcel se dirigea vers la droite, sur la pointe des pieds, avec une assurance effrayante. Colton le suivit et quelques instants plus tard, ils s'arrêtèrent devant une porte qui, contrairement aux deux précédentes, n'était pas fermée à clé.

La main de Santais bougea, tâtonnant, le long du mur jusqu'à ce qu'elle trouve l'interrupteur. La lumière crue força Horace à fermer les yeux, bien qu'il les ouvrit rapidement, examinant curieusement la pièce dans laquelle il se tenait.

C'était une chambre surdimensionnée à l'ancienne, à la française classique, avec une immense armoire d'un côté, une table au centre, entourée de quelques chaises et de quelques fauteuils recouverts d'un tissu fleuri, et en bas, un lit nuptial en lequel deux personnes dormaient.

Fixant son attention sur ces deux êtres humains, Horace se sentit mal à l'aise, mal à l'aise, comme si entrer dans la chambre matrimoniale constituait une sorte de violation, un acte positivement répréhensible. Ils restèrent ainsi quelques instants, Marcel, un sourire ironique aux lèvres, s'avança prudemment vers le lit où mari et femme dormaient encore paisiblement, inconscients de la désagréable surprise qui les attendait.

Se retournant autour du lit, Marcel s'approcha de l'endroit où dormait l'homme et apparut alors, comme par magie, un couteau à la main. Horace ne put retenir un frisson même si quelque chose lui disait que son partenaire n'allait pas procéder violemment contre la personne dont il se rapprochait de plus en plus.

En effet, Marcel s'est contenté de secouer le dormeur en tenant le couteau suffisamment près du visage de l'autre pour signifier que toute alarme lui serait tout simplement fatale.

L'homme grogna plusieurs fois avant d'ouvrir les yeux. Puis il se débattit un peu avec la vive lumière de la pièce, et finalement ses yeux tombèrent sur le couteau pour voir la manche du bras qui le tenait et, enfin, s'ouvrir de manière disproportionnée lorsqu'il regarda le visage de l'homme qui se tenait à côté de lui. chevet.

C'est alors que la femme se réveilla.

Effrayée, elle s'assit sur le lit, mettant ses mains sur sa poitrine pour fermer la chemise bleue déjà serrée qu'elle portait. C'était une femme rude, grossière, grasse et sans aucun trait de beauté. Elle ouvrit la bouche, comme pour crier. Mais Marcel porta alors le couteau à la gorge du mari et la femme comprit, facilement, ce que signifiait ce geste.

« Surpris, hein ? demanda Marcel.

L'homme s'était également assis sur le lit et tremblait de manière à faire pitié. Horace devenait de plus en plus gêné, se demandant avec anxiété quels seraient les événements futurs immédiats. Il regardait la femme, honteux de l'avoir surprise au lit, à côté de son mari. C'est pourquoi il préféra tourner la tête pour fixer son attention sur les deux hommes.

« Que veux-tu... ? balbutia l'homme.

Il devait déjà avoir atteint l'âge de cinquante ans et ses cheveux étaient blancs, bien que courts et rasés, avec quelques taches noires qui formaient de curieuses îles dans son aube. Il était aussi gros ou peut-être plus que sa femme, et sa chair flasque bougeait maintenant sous l'impulsion des tremblements qui parcouraient son corps.

« Et tu as encore l'audace de me demander ce que je veux ? "Rire Marcel". Vous avez aimé le spectacle de nos deux camarades morts, non ?

L'homme luttait désespérément pour que ses lèvres articulent les mots qu'il voulait très certainement dire. Il l'a finalement compris et a dit :

— Ce n'était pas de ma faute, monsieur. C'était les Allemands.

— Mais tu les as signalés, chien. Vous avez tué deux de mes meilleurs garçons.

« Je jure que ce n'était pas de ma faute ! — Supplia l'homme dont le visage avait pris un peu de couleur, bien que la pâleur fût encore cadavérique.

Alors la femme est intervenue.

« Mon mari dit la vérité, je le jure. Nous n'étions pas à blâmer pour ce qui s'est passé. C'était les Allemands...

Marcel semblait réagir d'une manière profondément humaine. Tenant le couteau à l'écart, mais toujours souriant, il dit :

"C'est bon. Je te crois. Maintenant, j'ai besoin que ta femme prépare assez de nourriture pour cet ami et moi pour apporter des provisions au camp. Compris ?

Ce fut la femme qui répondit :

"Bien sur monsieur. En ce moment je vais le préparer.

"Tu feras bien" rigola Marcel. Mais si vous ne mettez pas ce que vous avez de mieux dans le garde-manger, votre mari va passer un très mauvais moment.

"Ne vous inquiétez pas, monsieur" s'empressa-t-elle de dire, alors qu'elle sautait du lit, se dépêchant d'enfiler une robe colorée qui la rendait encore plus ridicule et grosse qu'elle ne l'était ". Je prendrai le meilleur que nous ayons. Là sont encore quelques jambons, plein de bacon, saucisse et chorizo, fromage... vous aimez ça, n'est-ce pas monsieur ?

"Oui, j'aime vraiment ça. Allez dépêche toi. « Il s'est ensuite tourné vers les Britanniques. Tu l'accompagnes, Horace. Et ne le perdez pas de vue. N'oubliez pas que la fille doit dormir dans une pièce voisine.

"Alice ne se réveillera pas" intervint le mari.

Horace suivit alors la femme, plus gêné que jamais. Il n'aimait pas cette façon de se procurer de la nourriture et ne comprenait pas grand-chose à ce que Marcel avait parlé, car son français était assez élémentaire. Pourtant, cela le dégoûtait de voir la peur peinte comme ça sur le visage d'êtres humains qui, après tout, n'auraient dû faire beaucoup de mal à personne.

Ils venaient juste de sortir dans le couloir lorsqu'une porte s'ouvrit, à côté de la pièce qu'ils avaient quittée quelques instants auparavant. Une jeune fille d'une vingtaine d'années, dans une assez jolie robe de chambre, qui rehaussait encore la beauté de son visage d'enfant, avec ses grands yeux bleus grands ouverts, apparut devant eux, fixant son regard, un peu effrayé, sur l'homme armé qui accompagnait lui. à la femme.

« Qu'est-ce qu'il y a, maman ? » je demande.

« Ce n'est rien, Alice. Ces amis de ton père sont venus chercher de la nourriture pour le maquis. Je vais vous préparer un bon paquet. Allez, viens avec moi !

"Et papa?

— Il parle à l'autre monsieur. Rien ne se passe, pas de panique. Viens avec nous.

La fille obéit.

Elle jeta un coup d'œil à Horace et continua de le faire, même lorsqu'ils se retrouvèrent dans la vaste cuisine, aidant sa mère moins qu'elle n'aurait dû attendre d'elle. Cela faisait si longtemps qu'Horace n'avait pas côtoyé une belle jeune femme comme celle-ci que, impuissant, il sentit un frisson lui parcourir le dos. Il n'y avait, cependant, dans ses intentions, absolument rien de péché. Il a regardé la femme comme un objet extraordinaire et l'a trouvée complètement différente de Paule, cette femme qui était aussi belle mais un peu garçon manqué qui était avec eux dans le camp. Quelle énorme différence il y avait entre les deux !

La peur quitta peu à peu le visage de la jeune femme qui, animée par l'admiration dont elle faisait l'objet, sourit en s'approchant du Britannique.

« Ne voulez-vous pas prendre un café, monsieur ? " Je demande.

"Je ne sais pas si nous aurons le temps, mademoiselle..." répondit Horace, dans son français pourri.

"Je vais le faire. C'est l'affaire de quelques instants. Alors, quand votre ami descendra, ils le prendront ensemble.

Colton, sans s'arrêter un seul instant pour contempler la jeune fille, pensa au sort étrange qu'il avait fait de ces gens, créatures plongées dans une terreur constante, craignant d'une part les Allemands et d'autre part les hommes de la montagne, sans savoir quelle voie prendre ni quelle attitude adopter dans ce combat sauvage qui les enveloppait complètement.

Pour un Anglais, la guerre ne pourrait jamais se dérouler ainsi. Pour cette raison, Horace comprenait les combats, les combats, mais néanmoins il lui était difficile de comprendre cet état de choses particulier qui faisait que les créatures humaines faisaient des êtres effrayés, vivant au milieu d'une agitation si indiciblement effrayante qu'il était horrible de simplement imaginer il.

Apparemment, Marcel s'amusait avec le mari du propriétaire de la maison, puisque la fille avait assez de temps non seulement pour préparer le café, mais pour aider sa mère à remplir ces deux sacs, dans lesquels ils avaient placé le meilleur qui était dans le placard. .

Timidement, Alice rapprocha la tasse de l'endroit où Horace se tenait toujours.

« Prends un café » lui dit-elle, avec un sourire charmeur sur les lèvres « . Je l'ai fait chargé et très doux. Il aime ça ?

Horace hocha la tête et tendit la main, saisissant la tasse et ressentant une étrange sensation alors que ses doigts effleuraient la peau délicate de la fille. Son cœur battait plus vite que d'habitude et il dut faire un réel effort pour l'empêcher de remarquer le tremblement qui s'était emparé de sa main.

Il sirota le café, le sirotant avec une réelle délectation. Les deux femmes le regardèrent et il y avait dans leurs yeux une sympathie qui ne cessa jamais de remplir de joie le cœur du soldat britannique.

Mais alors, quand tout semblait si enchanteur que cela semblait impossible, un idéal poursuivi sans fin, inutilement, quand les choses avaient pris un aspect irréel, quand il semblait que passé et présent, souvenirs et images de l'instant avaient coïncidé d'un seul coup. Parfaitement, la voix dure de Marcel résonnait de l'intérieur de la porte :

" Allez mon garçon !

Horace posa précipitamment la tasse sur le bord de la table et se retourna. Il n'aimait pas le sourire sur les lèvres du Français. Il s'est ensuite approché et a jeté un coup d'œil aux sacs que les deux femmes avaient remplis.

« Allez, » répéta-t-il. Nous avons un long chemin à parcourir.

Il jeta un sac sur son dos et fut suivi par Horace. Alors la femme s'approcha de Marcel, les yeux suppliants.

« Et mon mari ?

« Votre mari est sorti pour donner des ordres afin qu'ils préparent plus de nourriture. J'enverrai plus d'hommes dans quelques heures. Allez, Horace !

Ils sortirent de la maison, traversèrent une place et prirent le chemin direct vers les montagnes. Bien qu'ils allaient vite, le silence de la nuit était si profond qu'il fut possible, quelques instants plus tard, d'entendre un cri de terreur qui les atteignit, à travers l'obscurité, comme si quelque chose d'indicible se déchirait.

"Ca c'était quoi?" Dit Colton.

"Rien, continue.

"Que voulez-vous dire rien? Cela ressemblait à la voix de la fille.

« Je t'ai dit de continuer.

Lorsqu'ils commencèrent à gravir la pente, Horace ne put s'en empêcher et se retourna, voyant alors que de nombreuses lumières s'étaient allumées dans la ville. Voyant le geste de son partenaire, Marcel sourit et dit :

« Ils l'auront déjà découvert.

"Le fait que?

"Maire.

« Était-ce l'homme au lit ?

"Oui. Le cochon même a dénoncé les Allemands qui venaient par ici et ils ont tué deux de nos hommes.

« Que lui as-tu fait ? demanda Horace, sentant quelque chose se déchirer en lui.

"Rien en particulier. Je l'ai pendu sur la place principale de la ville.

Colton a dû se mordre la lèvre.

Et il ne sentit pas la douleur, pas même le goût du sang inondant sa bouche.

* * *

Le major Shelton montra la carte au colonel.

« Il doit être par ici, monsieur, » dit-il.

Le colonel Freedman a soigneusement observé les courbes de niveau, qui se sont rencontrées, presque rencontrées, démontrant ainsi la structure topographique du terrain.

"C'est naturel," dit-il, après une pause. Cet endroit est excellent pour le maquis.

« Nous n'avons pas de véritable rapport, monsieur. Mais nous devrons le risquer.

"Bien sûr. De toute façon, pourquoi ne prendriez-vous pas un vol en plein jour ? S'ils le voyaient, ils signaleraient et ainsi nous saurions l'endroit précis où faire les lancements plus tard.

« C'est une excellente idée, monsieur.

« Tu veux sortir demain ?

— Bien sûr, mon colonel. Je préfère aussi connaître le site exact. Plus tard, pendant la nuit, lorsque nous lancerons, nous n'aurons pas autant de sécurité que pendant la journée.

"Bien sûr.

« Je préparerai mon avion et survolerai demain, au petit matin, cette zone du massif central. Dommage que nous n'ayons pas d'informateurs dans cette région !

"Cela n'a pas d'importance. Si, comme nous le pensons, il y a un groupe important de résistants dans ce domaine, ils verront les couleurs de l'appareil et comprendront que nous voulons les aider. Le moment est venu, mon ami, de commencer à armer ces bons patriotes. Si nous voulons un jour débarquer, nous devons avoir des amis à l'intérieur de la France occupée. Et ils sont nombreux. Vous savez qu'aux Pays-Bas et en Belgique nous sommes en communication avec des groupes importants qui vont aidez-nous, le moment venu, pour une collaboration productive.

Les fournitures que j'avais faites, des mois auparavant, aux noyaux résistants de Hollande et de Belgique démontrèrent l'efficacité de ces hommes qui combattaient dans l'ombre sans jamais céder, désireux de faire comprendre aux Allemands que les choses n'étaient pas et ne seraient pas comme elles souhaité. .

Après avoir longuement médité sur tout cela, Shelton se mit à écrire une lettre à sa femme, lui annonçant que très bientôt il aurait un permis et pourrait se rendre à Londres, passer quelques jours en sa compagnie et dans celle de les deux enfants qu'il avait. mariage.

Généralement voué à l'observation, le Major Shelton connaissait les dangers des chasseurs ennemis, mais n'avait pas à subir l'action insistante de l'anti-aérien allemand comme ses compagnons, ceux qui étaient affectés aux escadrons de bombardement. Après tout, pensa-t-il en écrivant, c'était une chance, et en plus, j'aime ce travail plus que l'autre. S'il y a quelque chose que je ne peux pas supporter, c'est l'idée de devoir bombarder des villes, sans aucune précision, sachant que sous les bombes il y aura des enfants innocents, des femmes et des gens qui n'ont rien fait de mal dans cette vie.

Le lendemain matin, il a embarqué sur son appareil d'observation et peu de temps après, il a survolé la Manche, se dirigeant vers le sud-est et atteignant une hauteur de sept mille mètres, une zone dans laquelle il pouvait voler presque complètement calmement. En plus de lui, trois hommes composaient l'équipe bimoteur, qui était équipée de toutes les avancées possibles en photographie aérienne. Mais cette fois, la mission était différente et Shelton, tout en conduisant l'avion, pensa à la joie qu'il apporterait à ces hommes qui, dans les montagnes de France, ne pouvaient imaginer que quelqu'un, de l'autre côté de la mer, attendait pour eux, désireux de les aider de manière positive et efficace.

CHAPITRE X

« Anglais ! C'est un avion anglais !

Marcel est allé à Adams, avec les autres membres du peloton.

Sauf Ed Cooper.

" Qu'en pensez-vous, mon ami ? " dit-il en posant familièrement sa main sur son épaule.

"C'est vrai..." dit-il, avec une émotion qui lui serra la gorge ". Je ne pensais pas les revoir un jour. Comme s'ils n'existaient pas ", dit-il après une courte pause s'ils avaient disparu à jamais.

" Qu'est-ce que tu dis!

— C'est vrai, Marcel. Il y a des choses qui semblent disparaître de notre âme de façon définitive. Ils étaient si loin ! Dans un autre monde, même si la raison disait le contraire.

"Regardez! Maintenant, ils parachutent quelque chose ...

En effet, un objet venait de se détacher de l'avion, une flèche aveuglante dans les rayons du soleil, stoppant sa chute alors que la fleur vacillante du petit parachute s'ouvrait.

« Ramassez-le ! cria Marcel.

L'Angleterre existe ! pensa Adams. Ce n'est pas une vague idée de la mienne : c'est quelque chose de vrai, de matériel, de visible et de palpable comme une belle femme... »

L'objet a été touché par un Français qui a alors couru vers Marcel, faisant voler le petit parachute sur sa queue, comme un mouchoir ouvert flottant au vent.

« Le voici ! dit-il en le tendant à son patron.

"Ouvre-le," dit-il juste.

« Qu'est-ce que ça dit ? demanda Santais.

« Nous souhaitons vous aider en envoyant des armes et des munitions, que nous parachuterons dans deux nuits. Dites-nous si vous êtes heureux de marquer, avec des lumières ou de petits feux de joie, un anneau pour indiquer le lieu du lancement. Nous sommes fiers de votre combat contre l'ennemi nazi. L'Angleterre salue les braves combattants de la Résistance française.

»Nous vous lancerons également une station et un mot de passe pour que vous puissiez communiquer des informations ou nous demander ce que vous voulez. Allumez maintenant un feu pour nous faire savoir que vous avez compris. Bravo, les amis ! Longue vie à la France! Vive l'Angleterre!"

"C'est tout", a déclaré Adams.

"Magnifique ! Nous allons allumer le feu de joie tout de suite. Salut à tous !

Lorsque l'avion a vu le panache de fumée s'élever du sol, il a incliné ses ailes en signe de salut, s'éloignant alors qu'il s'envolait dans les nuages hauts.

" Quelle chance ! " s'exclama Marcel. " Tu vois qu'ils ne nous oublient pas, Adams. Ces Anglais sont vraiment sympas.

"C'est vrai.

« Vous n'avez pas l'air aussi heureux que vous devriez l'être.

"Je voulais te parler. Veux-tu venir, Marcel ?

"Bien sûr!

Ils s'arrêtèrent sur le rebord. Adams s'assit, suivi par l'autre.

"Tu diras ...

« C'est à propos d'hier soir.

"Je ne comprends pas.

— Oui. Horace m'a tout dit.

"Et cela?

— Comprenez, Marcel. Nous vous remercions de nous avoir fait sortir d'Allemagne, mais nous ne comprenons pas pourquoi vous devez être si inutilement cruel.

« Bah ! Parfois je me demande si vous autres Anglais, vous vous rendez compte du genre de guerre que nous devons mener ici. Par tous les démons rassemblés ! Vouliez-vous que je laisse la mort de deux de mes hommes impunie ?

« Les 'Tordu' ont tué certains des camarades du groupe.

« C'étaient des traîtres !

« Non, tu ne me trompes pas, Marcel. J'ai parlé à vos hommes. Vous les avez tués parce qu'ils n'étaient pas du Parti.

La colère fit serrer les poings à Santais.

« Et si c'était pour ça ? s'enquit-il d'un air de défi.

« Si c'était comme ça, comme ça, je vous dirais que les choses ne peuvent pas continuer ainsi.

"Que veux-tu dire par là ...?

« Vous avez déjà vu que les Anglais vont vous aider. Mais s'ils savaient qu'ils jouaient le jeu d'une idée politique, s'ils connaissaient vraiment les intentions de ce groupe, pensez-vous qu'ils vous aideraient ?

« Vous essayez de me dire que vous allez les informer ?

– Je le ferai, Marcel. A moins que tout cela ne change. Vous n'avez pas le droit de tuer des membres du groupe parce qu'ils ne pensent pas comme vous, encore moins de pendre des civils, qui doivent être jugés, le moment venu, après la guerre.

Le mépris était peint sur le visage du Français.

« Ça craint de t'entendre parler comme ça ! Mais dites-moi une chose : avant d'entrer dans l'armée, que faisiez-vous ?

"Ça a marché.

"Où?

"À Londres.

"En ce que?

« Il était agent commercial.

« Déjà. Un apprenti bourgeois. Un élément de cette classe moyenne dégoûtante qui meurt de faim mais ne veut pas se faire remarquer. Puah ! des millions dans le monde et pour qui nous voulons nous battre. Est-ce une mauvaise chose ?

"Non. Je comprends le combat pour le mieux-être des hommes. N'oublie pas que je vis dans une démocratie. Mais c'est très bien quand la guerre est finie : maintenant, Marcel, notre objectif est différent.

Santais plissa les paupières, plissant les yeux. Sous la peau de son visage, les muscles se contractaient.

"Vous avez peut-être raison" dit-il.

"Puis?

"Se mettre d'accord.

« Les exécutions dans le groupe vont-elles s'arrêter ?

« Ils cesseront.

« N'y aura-t-il pas plus de vengeance contre la population civile ?

"Ne pas.

Adams tendit la main à l'autre, qui la serra.

« Comptez sur moi alors. Parce que vous devez savoir que je suis un spécialiste de la radio. C'est l'une des choses que j'ai apprises dans les commandes.

« Magnifique ! Je ne me trompe jamais et je savais que tu allais nous être d'une grande utilité.

Les hommes, français et anglais, distribuaient les feux pour signaler aux avions britanniques le lieu du lancement. Ce n'était pas vraiment plus qu'une répétition précédente, puisqu'il restait deux nuits avant la date prévue.

« Paule !

« Tu voulais quelque chose ?

"Oui. Partons, je veux te parler.

"Bon.

"Écoutez. Il y a quelque chose de grave que vous pourriez nous aider à résoudre.

"De quoi s'agit-il?

"D'Adams.

« Un bel homme » dit-il. Comme je les aime.

« Je suis content qu'il en soit ainsi.

"Pourquoi ?

« Fais un peu attention, Paule. Shaw n'est pas d'accord avec certaines de nos procédures. C'est un Anglais, ne l'oubliez pas. Aussi candide et fantaisiste que tous les Anglais. Pouvoir dire qu'il a dû attendre la fin de la guerre, par exemple pour pendre le maire de Saint Jacques.

"Délicieux ! Et maintenant que je m'en souviens, pourquoi ne m'as-tu pas emmené avec toi ? Je t'ai dit que je voulais lui jouer un tour avant que tu ne lui raccroche au nez.

"Je ne pouvais pas. Mais laissez-moi continuer. Vous devez prendre soin de lui. Vous devez le distraire, quoi qu'il en soit, l'éloigner de nos affaires pour qu'il ne nous joue pas.

« Avez-vous peur qu'il soit un traître ?

« Non, rien de tel. Mais il va devenir directeur de gare et je ne veux pas qu'il envoie des rapports « personnels » à Londres. Vous comprenez maintenant ?

"Je pense que oui.

« Nous nous foutons de ce qui arrive à l'Angleterre après la guerre. Notre mission ne va pas se limiter à chasser les Allemands d'ici, mais à instaurer un socialisme soviétique dans toute l'Europe. C'est pourquoi nous sommes intéressés à recevoir de nombreuses armes et munitions qui ne seront pas seulement utilisées contre les nazis, mais que nous utiliserons plus tard, si nécessaire, contre les Britanniques et les Américains, s'ils veulent entraver nos objectifs.

"Je suis d'accord.

« Alors vous réaliserez la nécessité de neutraliser Adams.

"Mais qu'est-ce que je peux faire ?

« Ne sois pas stupide ! Cooper nous a beaucoup parlé du sergent. Saviez-vous qu'il était marié ?

"Ne pas.

« Eh bien, soyez surpris. Il entra dans l'armée avec dégoût, le moral brisé. Sa femme l'a trompé avant et après lui.

« Et c'est pourquoi l'imbécile est devenu désespéré ?

— Oui. Mais là n'est pas la question. Pensez-vous pouvoir le détourner un peu de ce qu'on ne veut pas qu'il sache ?

Elle sourit, féline.

« Je ne pense pas que ce soit très difficile. De plus, vous venez de me donner des détails très intéressants pour une femme. Il va falloir se faire rattraper par les romantiques...

« Faites ce que vous voulez, mais endormez-le autant que vous le pouvez. C'est vital pour nous.

"Ne t'en fais pas.

« Quand vas-tu commencer ?

« Tout de suite. Où est cet Othello ?

« A bas les hommes.

« Laissez-le sur mon compte. Je n'ai toujours pas oublié ce que j'ai appris il y a longtemps, avant de découvrir que tous les hommes sont des cochons... délicieux.

Marcel éclata de rire.

"Très bien, camarade. C'est la mission du Parti. N'oubliez pas...

"Non, je n'oublierai pas.

Et il se leva, s'éloignant vers le quartier où se trouvaient ceux qui étaient ouverts sur la route et que les syndicats s'étaient organisés pour que la masse ne manque pas de stimulant en cours de route.

Combien ils se sont amusés et ont dansé ce jour-là !

L'accordéon ne manquait pas qui jouait sans interruption, portant le rythme populaire des « javas », qui se succédaient à l'infini, faisant soulever la poussière et faire rougir leurs joues jusqu'à ressembler à du feu.

Ils sont revenus très tard. Les étoiles brillaient dans le ciel et ils continuaient à chanter et à danser dans les rues déjà calmes, s'arrêtant de temps en temps pour tirer joyeusement la langue à ceux qui se penchaient aux fenêtres pour protester contre ce scandale bruyant.

Il était impossible de se souvenir de certains détails. Surtout ce qu'ils avaient fait. Avec un effort, Paule a essayé de cerner ce point, mais en vain. La vérité était que les choses avaient perdu leur aspect habituel et qu'il lui semblait que tous les objets étaient entourés d'un halo lumineux qui leur donnait une nouvelle personnalité, comme s'ils avaient cessé d'être ce qu'ils devaient devenir des créatures vivantes, animées, amicales. . , souriant ...

Par exemple...

Qui avait fait la lumière sur la Seine ? Comment était-il possible que les lanternes dans l'éclairage ressemblaient à des hommes en vêtements de cérémonie allumant un cigare ?

Comme c'est drôle!

De plus, quelqu'un, sans aucun doute, avait poussé la boule du monde et les rues et les places se déplaçaient, se balançant au rythme de la musique qui faisait onduler dans l'air l'infatigable accordéon.

Un garçon a dit qu'ils devraient continuer la fête.

« Allons au garage de Michel ! Il s'est excalmé. Nous l'avons nettoyé l'autre jour et c'est super de continuer à danser...

Tout le monde a applaudi.

Quelque chose sembla se briser dans la poitrine de Paule alors qu'elle continuait à descendre la colline, à la recherche du sergent britannique. C'était comme si quelqu'un venait de laisser tomber un gobelet de cristal sur le sol et la vibration de chaque pièce continuait de résonner alors qu'elle s'écrasait.

A partir de ce moment, les souvenirs étaient vagues, peut-être parce que le cœur niait catégoriquement qu'ils aient pu être la réalité. C'était le moment où il devait inévitablement ouvrir le vieux coffre dans le grenier.

Ils ont dansé, ils ont bu ; ils buvaient, ils dansaient. Le monde se brisa en morceaux de lumière et tout tournait, vertigineux, mais sans avoir l'air ennuyeux ou inconfortable. Bien au contraire : une voluptueuse sensation d'immatérialité s'empare d'elle, lui fait perdre contact avec son corps, comme si elle avait des ailes jaillies et n'était plus qu'un morceau de musique que l'accordéon lançait comme des banderoles lumineuses.

Plus tard...

Les souvenirs faisaient leur chemin, douloureusement, un par un, comme si quelqu'un lui tirait les cheveux, vicieusement, cruellement. Le monde s'était arrêté de tourner et les garçons étaient devenus des mains hardies, dures, étranges, un souffle qui ne se détachait pas du visage : un souffle aigre, dominé en haut par l'éclat haineux de ces yeux qui semblaient libérer plein d'étincelles.

C'était comme un vent d'une violence indescriptible. S'agitant, hurlant, les yeux striés de larmes, les visages défilaient à côté du sien, toujours avec des brillants qui semblaient être les mêmes ; toujours avec cette puanteur aigre qui semblait sortir de la même bouche audacieuse et impudique...

Ça sonnait ? Depuis combien de temps discutez-vous avec Adams Shaw ? C'est qu'il...

Ne pas! Ne pas!

Ça ne pouvait pas être pareil. Incapable de séparer le présent du passé, son esprit fou a tout mélangé et il a même semblé entendre, sur fond de nébulosité imprécise, le son de l'accordéon se dégonflant, vacillant d'un air plein de notes...

Il ouvrit les yeux.

Les étoiles étaient dans le ciel comme des tremblements de lumière. Le silence s'installa, lourd, insupportable, sur sa poitrine. Cependant, il y avait un parfum agréable dans sa bouche, comme celui qui reste après avoir fumé une cigarette blonde jusqu'au bout.

Une partie du ciel était couverte lorsque la tête d'Adams est apparue. Il lui était impossible de bien le voir, mais le contour de son visage se découpait parfaitement sur le bleu lointain du ciel.

"Paule...

Pourquoi fallait-il qu'il parle maintenant ? Ne se rendait-elle pas compte à quel point c'était délicieux d'être emportée par ce courant invisible qui l'avait emportée un instant des douleurs d'un passé qu'elle voulait de toute façon oublier ?

"Paule...

La main de l'homme se posa sur ses cheveux, ses doigts s'y emmêlèrent. Le bout des doigts effleura ses tempes et elle sentit une artère palpiter sous la pression de la peau de l'homme sur la sienne.

Elle se redressa, assise par terre. Maintenant, elle pouvait le regarder plus en détail.

"Paule..." répéta-t-il, obsédé par quelque chose. " Moi...

Elle lui sourit.

Elle était encore sous l'emprise de quelque chose de nouveau qui, d'une manière improbable, l'avait confrontée, pour la première fois, à elle-même. Comment était-ce possible, après tant d'expériences amères qui n'étaient rien de plus qu'un bain de boue sur boue ?

Elle le regarda, intéressée, comme si elle était capable de découvrir quelque chose dans son visage pour expliquer cet émerveillement. Tout, absolument tout, s'était soudain effacé, comme s'il venait de sortir d'un bain purifiant, quelque chose de semblable à quelque chose qu'il avait lu ou entendu, mais dont il ne pouvait pas se souvenir précisément.

Il commit à nouveau l'erreur de rompre le silence, qui était le fond du charme envoûtant qui semblait l'envelopper.

"Désolé Paule...

Fleuve. Mais il le fit sans malice, comme s'il voulait entendre sa propre voix, comme s'il craignait de se réveiller d'une irréalité qu'il n'avait même pas osé imaginer pendant toutes ces années. Puis soudain, réalisant la certitude de ce qui s'était passé, elle se jeta sur l'homme, cherchant refuge dans ses bras puissants.

« Adam ! Protégez-moi !

"Mais...

— Ne me laisse pas partir, Adams. Ne me laisse pas partir...

Il lui caressa les cheveux et elle, le visage collé au sien, lui parla, à voix basse, comme un murmure, lui racontant tout comme elle ne l'avait jamais fait à personne. Et maintenant, en remontant le temps, il n'éprouvait plus la terrible appréhension, comme à chaque fois qu'il montait au grenier pour soulever le lourd couvercle du coffre, s'attendant à voir les serpents et les araignées en arrière-plan. Puis elle lui a dit, clairement, les intentions de Marcel et le rôle qu'il attendait d'elle aux côtés du Britannique.

Adams la caressait toujours. Depuis l'entrée de la grotte, où la station de radio avait été installée, Adams pouvait voir les hommes, sous le commandement de Marcel, répéter les armes que l'avion anglais avait parachutées dans les nuits successives.

Paule a dormi à l'intérieur de la grotte.

Se tournant vers elle, Shaw ne put s'empêcher de sourire. Combien de fois s'était-il demandé comment il avait été possible que la présence de cette femme, qui lui paraissait vulgaire lorsqu'il la rencontrait, eût éteint la flamme de la douleur qui ne cessait de l'accompagner.

La communication de la douleur et de la souffrance serait-elle nécessaire pour que la lumière émerge ? Je ne savais pas, je ne le savais pas.

Mais la vérité était que tous deux étaient sortis purs, en s'approchant, ils portaient le fardeau de leur propre misère. Paule connaissait sa vie maintenant comme il connaissait celle de la femme. Ils s'étaient déshabillés sans fausse pudeur, impatients de voir si le chemin qu'ils venaient de découvrir n'était, après tout, qu'un mirage fugace.

"Non, ce n'est pas..." songea Adams. Cela a été merveilleux et définitif. Curieuse! Quelque chose comme si deux lépreux, frottant leurs blessures l'un contre l'autre, avaient même disparu les pustules et la maladie.

Il vit Marcel remonter la pente, s'approcher de lui. Il s'était essuyé le front puis s'était assis à côté de l'Anglais, prenant une cigarette dans l'un des paquets qui leur avait été parachuté.

« Y a-t-il des nouvelles ? » je demande.

« Non. Il est encore tôt. Ils arriveront ce soir.

« Avez-vous la liste des demandes ?

"Oui.

« Nous, le groupe, sortons. Tous.

"Oui?

"Oui. Nous descendons apporter des rapports. Vous devez payer pour ce qu'ils font avec nous. Vous ne pensez pas? Nous allons faire sauter la route et le pont, devant Saint Jacques. Beau coup N'oubliez pas que de nombreux convois nazis passent maintenant, se dirigeant vers la zone qu'ils ont l'impudence d'appeler "non occupée".

« Dites à Londres que nous allons commencer à attaquer partout. Dès que nous le pourrons, nous irons faire sauter le pont de fer de Villesud. N'est-ce pas une bonne idée ?

"Excellent.

« Je vais préparer tous les garçons. Veux-tu que je laisse quelqu'un de garde pour toi ?

"Non, ce n'est pas nécessaire.

« Bien. À demain !

"Bonne chance à tous!

« Merci... Abour !

Une demi-heure plus tard, alors que le soleil couchait les teintes orangées du coucher de soleil sur les collines, la longue file d'hommes s'éloigna, dans la vallée.

CHAPITRE XI

Ils se dirigeaient vers la route lorsque le Tordu s'est arrêté, ordonnant à la plupart des hommes de se cacher. Puis il se rendit à l'endroit où l'attendaient Claude, Marcel et Ed Cooper.

C'était Cooper qui commandait les coups.

« Je vous dis, camarades, que nous ne pouvons pas devenir des mercenaires du capitalisme anglais. C'est vrai qu'ils nous envoient des armes ; Mais pensez-vous qu'ils le font par bienveillance ou parce qu'ils se soucient de quelque chose que la France soit libre de l'occupant ?

"Comment ? " A demandé 'Tordu' ". Tu ne veux pas que les nazis partent d'ici ?

« Je n'ai pas dit ça ! répondit Cooper. Bien sûr que je le veux ; mais pour quoi ? Pour sauver leur belle île et leur empire, pour continuer à diriger le monde comme ils l'ont fait jusqu'à présent. prouver à nos faux amis que nous sommes encore plus intelligents qu'eux. Nous continuerons à recevoir des armes et à faire, de temps en temps, quelque chose qui les satisfait. Mais notre vraie mission est de commencer à semer le communisme en France. Quand j'ai agité le rouge drapeau ici, je vous dis que ma vieille Angleterre devra se rendre à l'évidence et des millions d'Indiens et de personnes d'autres pays assujettis trouveront le chemin de la liberté.

« Cooper a raison », a déclaré Santais. Ce n'est pas pour rien, sur vos conseils, j'ai fait divertir le sergent par la camarade Paule. Adams est un bon garçon, mais il est empoisonné par les préjugés bourgeois.

Et que devons-nous faire ? Claude intervint, qui n'avait pas encore parlé.

"C'est très simple", a répondu Cooper. Notre mission est de nettoyer les villages environnants des traîtres fascistes, des collaborateurs des Allemands. Ce faisant, nous gagnerons la confiance des ouvriers français, qui seront attirés par la Résistance et rejoindront nos rangs.

Petit à petit, nous formerons une force considérable qui, au moment de la libération, l'emportera définitivement. Il faut que lorsque les Anglais arrivent en France, ils ne croient pas que leur victoire signifiera la prolongation du même état de choses qui jusqu'à présent les a exclusivement favorisés...

« Comment il parle ! » s'est exclamé « Tordu ».

" Formidable ! " Corroboré Marcel. " Tu as trouvé un type formidable, Ed. Et nous sommes tous d'accord avec toi, mais je vois quelque chose de clair.

"Le fait que?

« Si nous nous consacrons, comme nous le souhaitons tous, au nettoyage des collaborateurs de Villesud, vos deux compagnons, Horace et Sam, courront le dire à Adams. Comment l'éviter ?

"Très facilement. Envoyez ces deux idiots, avec quelques-uns de nos camarades, tuer les Allemands à Villesud. Ne nous ont-ils pas dit qu'il ne resterait que huit ou dix nazis dans la garnison, puisque les autres allaient dans un défilé à Vichy ?

"C'est vrai.

« Eh bien, vous avez déjà une merveilleuse occasion de distraire ces deux-là pendant que nous réglons les comptes avec les traîtres de la ville.

« Tu penses à tout » admirait Claude.

Quelques instants plus tard, la colonne était en route, longeant le fossé, vers Villesud.

Les étoiles brillaient, tremblantes, dans le ciel. Etaient-ils capables de lire la violence que les hommes portaient dans leur cœur ?

Paule s'étira paresseusement. Elle était allongée à côté d'Adams qui, les mains derrière la nuque, les yeux plissés, se laissait emporter par le cours calme et tranquille de ses idées.

« Quand j'étais enfant, dit-elle en jouant avec ses longs cheveux, elle croyait que les étoiles étaient des trous dans une immense couverture qui tombait à terre la nuit. C'est curieux ! Tout ce que me racontait ma grand-mère, qui faisait aussi Je crois que la lune était capable de s'abaisser pour punir les hommes.

"Lune?

"Oui. Ma grand-mère était bretonne. En fait, ma famille vient de cette région. Ce sont des gens simples, croyants profonds, mais chargés de superstitions sombres et lointaines... très curieuses.

« Comme celui de la lune ?

"Oui. Ne riez pas. C'était quelque chose qui m'excitait tellement que je passais les nuits à grelotter quand la lune était sortie et j'ai supplié ma mère de bien fermer la fenêtre.

Elle s'allongea à côté de lui, caressant son visage.

« Tu verras. Ma grand-mère m'a dit qu'il y avait un homme qui conduisait une charrette à bœufs à travers champs. Il faisait nuit et il avait beaucoup plu. La charrette était chargée et les animaux se sont battus courageusement pour sauver les flaques dont le bas faisait patiner les roues.

« Soudain, ce qui devait arriver est arrivé. Une des roues s'enfonçait dans la boue jusqu'à l'essieu et les cris du charretier ne servaient à rien, ni les coups d'aiguillon qu'il donnait aux pauvres bœufs. L'homme, fatigué des combats futiles, s'assit au bord de la route et sortit la bouteille de vin. C'est alors que, d'un air de défi, il leva les yeux vers la lune et, plein de rage, il s'écria :

» « Je vous invite à boire si vous m'aidez à sortir la charrette de la boue !

Et puis la lune s'est couchée et l'a emmené. Le lendemain matin, la charrette est arrivée en ville, parfaitement propre et avec les bœufs reposés et brillants. Les gens se demandaient où pouvait bien passer le propriétaire de tout cela et quand la nuit vint, les bœufs beuglèrent lamentablement et levèrent la tête vers la lune. Là, on pouvait clairement voir la silhouette de l'homme qui voulait s'associer aux pouvoirs du Démon.

— N'avez-vous pas vu cette silhouette humaine, Adams ?

"Bête!

« Je sais que c'est un mensonge, mais à ce moment-là j'étais pleinement convaincu et j'ai vu l'homme sur le visage pâle de la lune, tremblant de terreur.

Il tourna la tête en la regardant.

« Tu es magnifique, Paule.

« Ne dis pas ça ! Tu veux te moquer de moi ?

"Non, chérie. Pour moi, tu es la plus belle chose au monde. Comprends-le. Mon cœur saignait et tu es venu me montrer que ce n'était pas vrai, que tout n'était qu'un mensonge.

« Vous avez également exaucé mes souhaits, Adams. Cela m'est arrivé tout comme vous et je m'étais réfugié dans la haine car c'était la seule chose qui m'était offerte gratuitement.

"Il doit y avoir quelque chose" a-t-il dit "qui veille à réunir ceux qui se complètent, quand ils ne peuvent plus croire en rien ni en personne.

"Oui c'est correct.

« Qu'est-ce que l'homme demande après tout, Paule ? Un peu de bonheur, un coin où se forger un foyer, une possibilité de vie, minuscule, à peine perceptible. Pouvez-vous imaginer maintenant ce que pensent tous les soldats du monde ? C'est la même chose que vous regardez d'un côté à l'autre. Ils tournent tous autour de la même chose, petit. Ils veulent rentrer chez eux, être avec leurs proches, oublier leurs misères et leurs souffrances.

Mais ils ne peuvent pas. Et savez-vous pourquoi? Parce qu'ils ont empoisonné leur esprit d'aussi loin qu'ils se souviennent. Ils disent aux Français : « Il déteste l'Allemand ! Il a tué son père, il a blessé ton grand-père. C'est un peuple guerrier, avide de pouvoir, destructeur. Ils disent à l'Allemand qu'il est un être supérieur, que les Français attendent l'occasion de l'humilier à nouveau, que toute l'Europe les méprise. À nous, les Anglais, ils parlent de l'empire, de notre mission éducative et directrice dans le monde, ils convainquent l'Américain qu'il est la race la plus jeune et la plus puissante de la Terre.

» Des poisons qui n'arrêtent pas de tomber sur l'enfant, sur l'adolescent, sur l'homme ! Combien peu nombreux sont ceux qui enseignent qu'il faut aimer les autres, qu'ils sont nos frères, qu'il n'est pas nécessaire de s'entretuer sauvagement pour s'entendre !

Pourquoi ne sommes-nous pas capables de comprendre la belle vérité, Paule ? Quelle puissance démoniaque pénètre en nous pour nous transformer si facilement en bêtes féroces ?

— C'est de la haine, Adams.

"La haine ? Mais pensez-vous que quelqu'un puisse se haïr pour lui-même ? C'est impossible ! Il faut un peu d'imagination pour voir que ce n'est pas vrai. savoir ce que nous pourrions facilement voir?

"Ne pas.

« La guerre est finie. Un long temps s'est écoulé et les Français partent en vacances en Allemagne, comme des touristes. Les Allemands aussi, qui errent dans Paris, où les traces laissées par l'occupation nazie ont été complètement oubliées. Vous vous rendez compte ?

Et c'est justement ce qui m'attriste. Réalisez la bêtise que chaque génération semble prête à commettre. Les guerres se terminent, les gens courent dans les rues, s'étreignant quand ils ont atteint la paix. Traversant le no man's land, ceux qui hier se sont croisés, s'embrassent avec excitation, s'embrassent, distribuent cigarettes et boissons. Où est cette haine qui, il y a quelques heures à peine, les a fait grincer des dents en appuyant férocement sur la gâchette ?

» Non, Paule. Ils sont généreux, capables de pardonner ou de comprendre. Mais vingt ans plus tard, ils vont à nouveau crier d'une voix rauque dans les rues, maudire les pays voisins, et se préparer à partir en guerre.

Qui est à blâmer pour tout cela? " Je demande.

« Et qu'est-ce que je sais ! J'ai parfois cru que les politiques étaient responsables, mais je les ai vus trembler et souhaiter la paix, comme cela s'est passé avant 1939, lorsque notre ministre se traînait aux pieds d'Hitler.

« Il est responsable de tout !

— Ce n'est pas possible, Paule. Comment un seul homme a-t-il pu déclencher une telle folie ? Non. Hitler n'échouerait et finirait dans une maison de fous que si ceux qui l'entouraient, son peuple, réfléchissaient un peu, juste un peu. Mais ses paroles empoisonnées trouvent un écho dans le cœur des foules, de la même manière que cela s'est produit des milliers de fois, à travers l'histoire.

Et il est tout à fait possible que nous soyons trop crédules et stupides, en dépit de nous vanter d'une civilisation supérieure. C'est ce qui arrive, petit. Chaque groupe humain a son mensonge, son grand mensonge, auquel il s'accroche désespérément, pleinement convaincu qu'il est vrai. Chaque génération met sur la scène du monde plusieurs grands mensonges : Capitalisme, Communisme, Fascisme, National-Socialisme, Libéralisme, Démocratie... Des mensonges gigantesques qui empoisonnent et mènent à la guerre, à la haine, à la destruction.

C'est comme si chaque homme était condamné à sa naissance à vivre le grand mensonge de son siècle. Pour cette raison, sûrement, quand un homme vieillit, il devient sceptique et il n'est plus possible de l'entraîner dans l'enthousiasme que suscitent ces mensonges dans sa jeunesse.

"Pour toi, mon amour, la lune était capable de descendre et de prendre un homme audacieux. C'était le grand mensonge de tes années d'enfance. J'ai aussi subi un autre mensonge, croyant que toutes les femmes étaient comme celle qui se moquait cruellement de moi. .

« Le nôtre aussi est-il un mensonge ? demanda-t-elle, pleine d'anxiété.

« Non, Paule. Car s'il y a une vérité universelle, c'est l'amour. Et quand deux créatures s'aiment, c'est quand elles peuvent affirmer qu'elles sont la vérité rigoureuse et exacte.

Horace Colton était proche du Français qui le guidait, autour de Villesud, vers la caserne allemande. Sam Blue et huit autres partisans ont suivi.

La ville était silencieuse, avec ses rues tranquilles. Une lune, dans son dernier quartier, s'était levée juste avant la nébulosité des nuages et avait découpé des choses auxquelles elle donnait un aspect fantomatique.

"C'est là", a déclaré le Français.

Horace regarda la maison et vit la sentinelle, immobile, près de l'entrée. Le reste de la caserne était dans l'obscurité totale.

« Tu es sûr que les autres sont allés à Vichy ?

"Oui. Il y a une fête là-bas et les nazis défileront, avec les miliciens de Laval.

— Sam et moi, dit Horace, nous occuperons de la sentinelle. Vous nous couvrez. Compris?

"Oui.

« Dès que nous aurons éliminé l'Allemand, nous irons à l'intérieur. Ne pensez-vous pas que nous pourrions faire des prisonniers ?

La vérité est qu'il dégoûtait de tuer les sans défense.

« Bah ! Et qu'est-ce qu'on en ferait ?

« Nous pourrions les avoir sur la montagne, comme otages. De plus, s'il y a des agents, ils pourraient nous fournir des rapports pour Londres.

"Non" répondit sèchement l'autre. Les ordres du camarade Marcel sont de tuer ces cochons nazis.

"C'est bon.

Cependant, il ne comprenait pas très bien ce désir de mort qui semblait être le motif le plus important de l'existence du groupe partisan. L'armée avait laissé une empreinte trop profonde dans son esprit pour qu'il se laisse emporter par la violence sauvage de ses nouveaux camarades.

Il s'approcha de Sam et dit à voix basse :

« Vous avancez vers la droite. Je vais le faire à gauche. Soyez très prudent. La sentinelle est dans un endroit assez difficile pour le surprendre.

"Se mettre d'accord.

En effet, la caserne était située d'un côté d'une sorte de petite place, avec d'autres bâtiments qui s'y rattachaient, ce qui rendait impossible d'attaquer par derrière l'homme qui se tenait raide à l'entrée.

Sam s'avança, serrant la mitraillette dans ses mains moites.

Soudain, alors qu'il avait réussi à s'approcher à vingt pieds de l'Allemand, ce dernier l'a aperçu, lui jetant aussitôt son fusil au visage.

« Attention, Sam ! cria désespérément Horace.

Normalement, Blue aurait dû tirer avant son adversaire, mais il était devant lui et Sam tomba à plat ventre, laissant tomber la mitraillette. Colton a ensuite couru comme un fou, recevant le deuxième coup qui, bien qu'il n'ait traversé que son bras droit, l'a fait tourner comme une toupie, le jetant sur le côté comme si une main gigantesque le frappait sur tout le corps.

L'un des Français a lancé une grenade.

La sentinelle morte, les résistants se précipitèrent vers la porte, pénétrant dans la caserne où la bataille s'étendit rapidement. Malgré le fait que les premiers coups de feu les aient réveillés, les Allemands endormis n'ont pas eu le temps nécessaire pour organiser leur défense et ont été dépassés par l'élan des assaillants.

Des dizaines de lumières se sont allumées dans la ville.

Ramper, comme il avait été à nouveau blessé par les éclats d'obus de la grenade, lancés à l'aveugle par les Français, Horace s'est approché du corps immobile de Blue, réalisant qu'il était mort.

Sa poitrine lui faisait extrêmement mal, là où peut-être des éclats d'obus avaient pénétré.

Se redressant, il s'éloigna de la caserne que le maquis brûlait.

"Je vais mourir ?" " s'est-il demandé.

Une angoisse indicible s'empara de lui. Il avait rêvé de rentrer à la maison et il s'accrochait à cette idée de toutes ses forces. Il était tout à fait impossible qu'il lui arrive quelque chose de grave, « à lui ». La mort pouvait jouer avec les autres, mais il ne pouvait pas concevoir que quelque chose de semblable puisse lui arriver.

Il était adossé aux murs des maisons.

Alors qu'il approchait de la place principale de la ville, il entendit un cri terrible, mêlé de lamentations incompréhensibles pour lui.

Il n'a pas fallu longtemps pour le découvrir.

Lorsqu'il arriva à un coin où la rue qu'il avait empruntée menait à la place, il vit qu'elle était abondamment illuminée, et il frissonna en voyant l'incroyable spectacle se dérouler sous ses yeux incrédules.

La place, comme presque toutes celles de toutes les villes du monde, était bordée d'arbres, ayant en son centre un monument aux morts de la Première Guerre, qui avait été détruit par les Allemands.

La voix de Cooper s'éleva au-dessus d'eux tous, criant quelque chose qu'Horace ne pouvait pas comprendre.

Onze hommes pendus aux branches des arbres et quelques résistants, armes à la main, arrêtèrent l'élan sauvage des femmes de tous âges qui criaient comme des folles, tentant de se frayer un chemin jusqu'à la place.

Certains pendus tremblaient encore au milieu de l'agonie de l'agonie.

Incapable de se contenir plus longtemps, Horace vomit dans le coin, puis recula de là, impatient de retourner auprès du sergent pour lui dire que la folie sauvage du groupe « Marcel » n'avait pas cessé.

« Des bêtes ! murmura-t-il en avançant, appuyé contre les murs froids des maisons.

L'apparition du groupe d'assaillants de la caserne, traînant le corps de l'officier mort à l'intérieur de la maison, fit revivre aux hommes et aux femmes ce frisson d'horreur qui les avait secoués en voyant leurs hommes et leurs amis pendre.

L'un des maquisards s'est approché du « Tordu », qui riait comme un fou, poussant les pieds d'un pendu avec la pointe de son fusil.

« Horace a disparu » lui dit-il.

Le bossu se tourna vers lui.

"Anglais?

"Oui.

Santais était à côté de Cooper.

« Hé, camarade ! s'exclama le « Tordu ».

"Quoi de neuf?

« Celui-ci dit qu'Horace a disparu.

Les yeux de Santais s'embrasèrent de rage.

"Manquant?

"Oui.

« Comte, connard !

« Blue a été tué près de la porte. Ce fut la sentinelle, qui blessa également l'autre Anglais.

"Et cela?

« En quittant la caserne, je les ai cherchés tous les deux, mais je n'ai trouvé que Sam... mort.

"Que diriez-vous?

« Mauvais. Si cet idiot a vu la place, il a dû courir pour avertir le sergent. A-t-il été très blessé ?

"Je ne sais pas. L'homme a répondu.

« Il faut faire quelque chose ! », met le bossu.

"Bien sûr" dit Marcel. Prenez quelques hommes et dirigez-vous vers la montagne. Essayez de devancer ce chien anglais et quand vous le voyez, vous remplissez sa tête de plomb.

" C'est bon ! Hé, vous deux ! Allez-y !

« Quand cette horrible guerre sera terminée », a déclaré Adams, « je vous emmènerai en Angleterre. Et une fois que nous aurons divorcé, nous nous marierons et partirons ...

"Ce sera très beau", a-t-elle répondu. Tu réalises ? Un endroit où l'on peut vivre sans respirer cette haine qui empoisonne l'air de l'Europe.

"Oui. Il y a des endroits sur Terre où il est encore possible d'échapper à l'air vicié de ce continent. Des endroits où il est possible de se sentir seul, sans la présence oppressante d'une foule qui rampe, rampe sans cesse, dans quelque chose qu'ils croient à être la vie.

Vous ne pouvez pas imaginer à quel point j'en suis venu à détester les grandes villes. J'y ai toujours vécu, bougeant comme un petit morceau dans une gigantesque machine, avec à peine le temps de réaliser ma propre existence. Or, ici, malgré tout, comme les choses paraissent différentes !

"C'est comme si de ces hauteurs nous dominions le monde et le voyions de loin, étrange, comme s'il n'avait rien à voir avec nous.

Et c'est ce qui arrive, Adams. Nous sommes devenus différents, différents et à part des autres.

Shaw se leva, regardant vers la grotte.

"Je pense qu'ils appellent", a-t-il déclaré.

Il avait préparé la gare pour la réception qui leur arrivait chaque soir de Londres.

Restée seule, Paule s'étira goulûment. Cela lui procurait un immense plaisir de sentir son corps, quelque chose qu'il en était venu à détester sincèrement, le méprisant comme s'il s'agissait d'une horrible malédiction qu'il avait été forcé de porter.

Comment les mains d'Adams, ses mains douces et puissantes, ont-elles pu effectuer cette merveilleuse transmutation ?

"C'est comme si je m'étais purifiée", se dit-elle, émue, comme si j'étais un de ces hommes, dont j'ai tant lu, dont les mains effacent le péché et nettoient tout..."

Elle se sentait si profondément renouvelée que c'était comme une renaissance à la vie dans laquelle le passé était parti, comme quelque chose d'ennuyeux, pour toujours.

Elle caressa ses cheveux puis ses mains s'abaissent, contournant ses seins pour s'arrêter, tremblantes, sur son ventre lisse.

Il ferma les yeux, jetant la tête en arrière, respirant avec avidité l'air parfumé de la nuit.

Elle n'avait jamais été aussi profondément émue et maintenant ses mains essayaient de caresser sa plus chaude chimère.

« Paule !

La silhouette penchée et diminuée d'Horace se découpait sur le fond étoilé. Il y avait quelque chose chez l'homme qui semblait avoir changé son apparence habituelle. Et voyant qu'il vacillait, comme s'il avait été ivre, elle se précipita vers lui, le saisissant fort alors qu'il semblait s'effondrer.

Paule sentit le liquide chaud et collant.

« Adams ! Elle a crié, effrayée.

Shaw quitta la grotte et courut vers eux. Elle prit Horace dans ses bras et le porta jusqu'à l'entrée de la grotte, le déposant soigneusement sur les couvertures que Paule avait hâtivement déposées à terre.

"Horace ! Mon ami ! Ne t'inquiète pas ! Nous allons te guérir tout de suite...

Colton ouvrit les yeux.

"C'est inutile, monsieur...

« Quelle bêtise dites-vous ?

"Ecoutez... ils en ont pendus beaucoup sur la place... de Villesud. C'est horrible... on dirait des bêtes...

« Espèces de coquins !

« Ils... m'ont suivi... soyez prudent... monsieur...

« Ne t'inquiète pas. On va te guérir... Paule !

Elle s'approcha en tremblant. C'est alors qu'une intuition étrange fit qu'Horace tourna la tête au cœur de la nuit.

« Attention, monsieur ! cria-t-il d'une voix rauque.

Le tir surprit Adams qui, mû par un réflexe, heurta le sol. Puis le cri de douleur de Paule le fit frissonner de la tête aux pieds.

Il se leva, oubliant tout, courant vers la fille qui était tombée la face contre terre.

« Paule !

Il la retourna, la prenant dans ses bras. Ses yeux étaient grands ouverts et un peu de rouge coulait de ses lèvres à un coin.

Une sorte d'éclair a explosé dans la tête d'Adams. Courant vers la grotte, accroupi, il s'empara de la mitraillette et sortit, juste au moment où le Tordu et les deux autres s'approchaient, les armes à la main.

Il n'avait jamais appuyé sur la détente avec une telle colère.

Il a continué à tirer, alors même que les trois hommes étaient allongés sur le sol, puis il s'est approché d'eux, donnant des coups de pied aux cadavres.

"Chiens!" Il gémit. Vous l'avez tuée !

Il laissa tomber la mitraillette et revint vers Paule. Puis, se souvenant d'Horace, elle se rapprocha de lui, voyant que son corps s'était définitivement raidi.

Il revint du côté de la femme.

Assis par terre, il caressa les cheveux de la morte, puis posa ses mains sur son ventre.

Comment pourrais-je savoir ?

Peut-être que les étoiles, au fond de l'espace, connaissaient la vérité : cette vérité qu'elle avait ressentie, comme si quelque chose s'éveillait au plus profond d'elle.

« « Trois Roses » appelant ...

Ici, 'Trafalgar Square'. Parlez, « Trois Roses » ...

« Supprimez les expéditions immédiatement. Le groupe travaille seul, tuant des civils et ne se souciant de rien d'autre.

« Comprenez. Est-il impossible de changer la situation ?

"Impossible. J'ai l'intention de détruire la station et de faire sauter toutes les munitions et les armes qui ont été laissées dans le camp.

« Bien, sergent Shaw. Nous lui sommes très reconnaissants pour ce qu'il a fait. Essayez-vous de nous contacter plus tard?

"Je ne sais pas. Maintenant je vais couper...

"Bonne chance!

"Merci.

Il a martelé la station de rage. Puis il se dirigea vers la grotte où se trouvaient les armes et les munitions, préparant une charge de dynamite, dont il alluma la mèche, puis s'éloignant pour s'asseoir à côté du corps de Paule.

L'explosion a secoué les vallées, se reproduisant en mille échos différents.

« Qu'est-ce que cela a pu être ? s'enquit Marcel.

Les hommes montaient la pente.

"J'ai peur d'y penser", a déclaré Cooper.

"Le fait que?

«Ça a dû tout faire exploser.

« Hé ? Pensez-vous qu'il est devenu fou ?

« Les autres n'auraient pas dû arriver à temps. Et Horace l'a informé, sans doute.

" Chien ! Ne sais-tu pas que je vais te mettre en pièces ?

« Tu ne le connais pas bien, Marcel. Vous n'auriez jamais dû faire confiance à un Britannique.

"Et tu?

"C'est différent.

« Mais, je ne peux pas croire que j'ai tout détruit ! Il est convaincu qu'il faut combattre l'Allemagne. Qu'importe si nous exécutons des traîtres ? Ils ne sont pas anglais, après tout...

Cooper haussa les épaules.

"Je vois que vous ne comprenez pas", a déclaré Cooper. En fait, c'est difficile à comprendre. Ce n'est qu'en ayant vécu avec des hommes comme Adams qu'on peut comprendre certaines choses.

« Pend moi si je te comprends !

"Ne perdez plus de temps. Nous devons monter pour voir si nous pouvons sauver quelque chose... même si je serais surpris. Shaw aura fait les choses comme d'habitude.

« Tu ne sais pas que je vais te raccrocher au nez ?

"Ne pense pas à lui...

"Puis?

« C'est sa façon, Marcel. Il est empoisonné par une série de préjugés difficiles à expliquer. Il croit au combat, mais ne comprend pas qu'il s'étend au point d'entraîner des civils. C'est le vieil héritage de l'armée anglaise...

Mais n'avez-vous pas tué des milliers d'Indiens ?

"C'est possible. Old Albion peut se permettre certaines choses... loin de l'Europe. Ici, vous savez comment ils font les choses. Ne pensez-vous pas qu'il est ridicule que la RAF avertisse par radio pour que les habitants d'une ville soient bombardé s'éloigner?

"Stupide!

« Stupide, mais très britannique. "Jouer franc jeu" s'appelle ainsi...

« Idiots ! Si ce sergent, ou quoi que ce soit, a détruit notre entrepôt, je lui apprendrai notre fair-play ! Allez-y !

Il avait d'abord enterré Horace et maintenant il finissait de creuser la tombe de Paule.

Lorsqu'il enfonça la pelle dans le tas de terre qu'il avait ramassé, il s'approcha du corps de la femme, s'agenouillant à côté d'elle.

"Je te l'ai déjà dit, ma chérie" murmura-t-il, sentant ses yeux commencer à piquer ". Il était impossible d'y échapper. Un grand mensonge est autour de nous et personne ne peut échapper à ses griffes... Je pense même t'avoir menti quand Je t'ai dit qu'il y avait encore des endroits où l'on pouvait vivre isolé du monde. Il n'y en a pas, Paule ! Les mensonges sont comme l'atmosphère : ils sont partout.

Et c'est que personne ne semble avoir le droit de vivre, d'aimer, de se sentir sincèrement humain. Si tu veux le faire, si tu tends la main aux autres, en essayant de leur montrer que ton cœur est pur de haine... ils sont capables de te couper les mains !

Il a pris le corps avec précaution.

Le soulevant, il s'avança lentement vers la fosse. Puis il s'agenouilla de nouveau, se pencha jusqu'à se blesser pour déposer le cadavre, aussi doucement que possible, sur le fond terreux et humide du trou.

Sa poitrine se déchirait à la pensée que tout ce corps merveilleux allait être recouvert de terre peu après. Les souvenirs des derniers jours inondaient son esprit et il ne pouvait plus retenir les larmes, qui coulaient sur ses joues, apportant un goût amer à sa bouche, comme des excréments biliaires...

C'était jeter la terre.

"Entourons le camp" dit Marcel. Si vous l'avez fait, nous ne pouvons pas vous laisser partir.

« Et Paule ? demanda Cooper.

"Tu aimes ça, n'est-ce pas? dit Santais.

"Oui.

« Je te le donne ! Et tu peux déjà être heureux que je n'agisse pas avec elle d'une autre manière, après avoir échoué dans la mission que je t'ai confiée.

Les hommes se dispersèrent, s'ouvrant en un demi-cercle qui se referma progressivement autour du petit plateau.

En avançant un peu, Marcel cria,

« Hé, Adams ! Nous sommes là, camarade !

Posant la pelle sur le sol, entendant la voix de Marcel, Shaw soupira profondément. Puis il est allé à la grotte et a ramassé une autre mitraillette, car il y en avait toujours deux à côté de la gare, qui gisait maintenant brisée, montrant un réseau compliqué de câbles émergeant de son couvercle déchiré.

« Adams ! Marcel a rappelé.

Le Britannique mit l'arme en état de marche et sortit, droit, avançant dans l'obscurité de la nuit, commençant déjà à pâlir à l'Est.

« Adam ! Nous sommes là ! Vous n'avez rien détruit, n'est-ce pas ?

« Horace t'a menti ! C'était un fasciste ! Tu verras les belles choses que nous allons faire ensemble !

La lumière de l'aube avançait paresseusement, maculant de lilas les bords du manteau nocturne.

"Quand j'étais petit, je pensais que les étoiles étaient des trous..."

« Vous n'avez certainement rien détruit ! Je t'ai déjà dit que je ne me suis jamais trompé avec les hommes... et tu es un gars formidable !

Ce n'est vrai que quand deux s'aiment, ma chérie. Car ce faisant, le mensonge ne peut les pénétrer, que l'amour rend impénétrables au mal... »

« Parle, Adams ! Quelle était cette explosion que nous avons entendue ? C'était Horace ! Ce n'est pas vrai ?

«Je te promets que je l'ai oublié, mon amour. Il n'y a plus de premier mai dans mon cœur... Je le jure ! »

« Nous vous observons, Adams ! Mais nous ne tirerons pas... Nous continuerons à travailler ensemble !

Le sergent s'avança un peu plus loin. Puis ça s'est arrêté.

Et appuyé sur la gâchette.

FINIR

www.ingramcontent.com/pod-product-compliance
Lightning Source LLC
LaVergne TN
LVHW101944220826
846093LV00006B/102